Struggle to be alive

李敏 著

活着就很美

这是穿越灵魂苦旅之后的巾帼发声

——李敏自传

南方日报出版社
NANFANG DAILY PRESS
中国 · 广州

图书在版编目（CIP）数据

活着就很美 / 李敏著 . — 广州：南方日报出版社，2017.2
ISBN 978-7-5491-1577-8

Ⅰ. ①活… Ⅱ. ①李… Ⅲ. ①中国文学 – 当代文学 – 作品综合集 Ⅳ. ① I217.2

中国版本图书馆 CIP 数据核字 (2017) 第 027037 号

HUOZHE JIU HENMEI

活着就很美

李敏 著

出 版 人：周洪威
策 划 人：柏沐芸
责任编辑：方 明 陈颂贤
责任技编：王 兰
责任校对：王 燕
出版发行：南方日报出版社
地　　址：广州市广州大道中 289 号
经　　销：全国新华书店
印　　刷：长沙鸿发印务实业有限公司
开　　本：880 mm×1230 mm 1/32
印　　张：5.625
插　　页：4
字　　数：113 千字
版　　次：2017 年 2 月第 1 版
印　　次：2017 年 2 月第 1 次印刷
定　　价：38.00 元

投稿热线：（020）83000503　读者热线：（020）83000502

网址：http://www.nanfangdaily.com.cn/press　http://www.southcn.com/ebook

李敏近照

卓越父母研究院院长林青贤与李敏在“爱·自然·生命力”课程上

李敏和丈夫刘同仁、儿子以诺在张家界

李敏的日记和信件

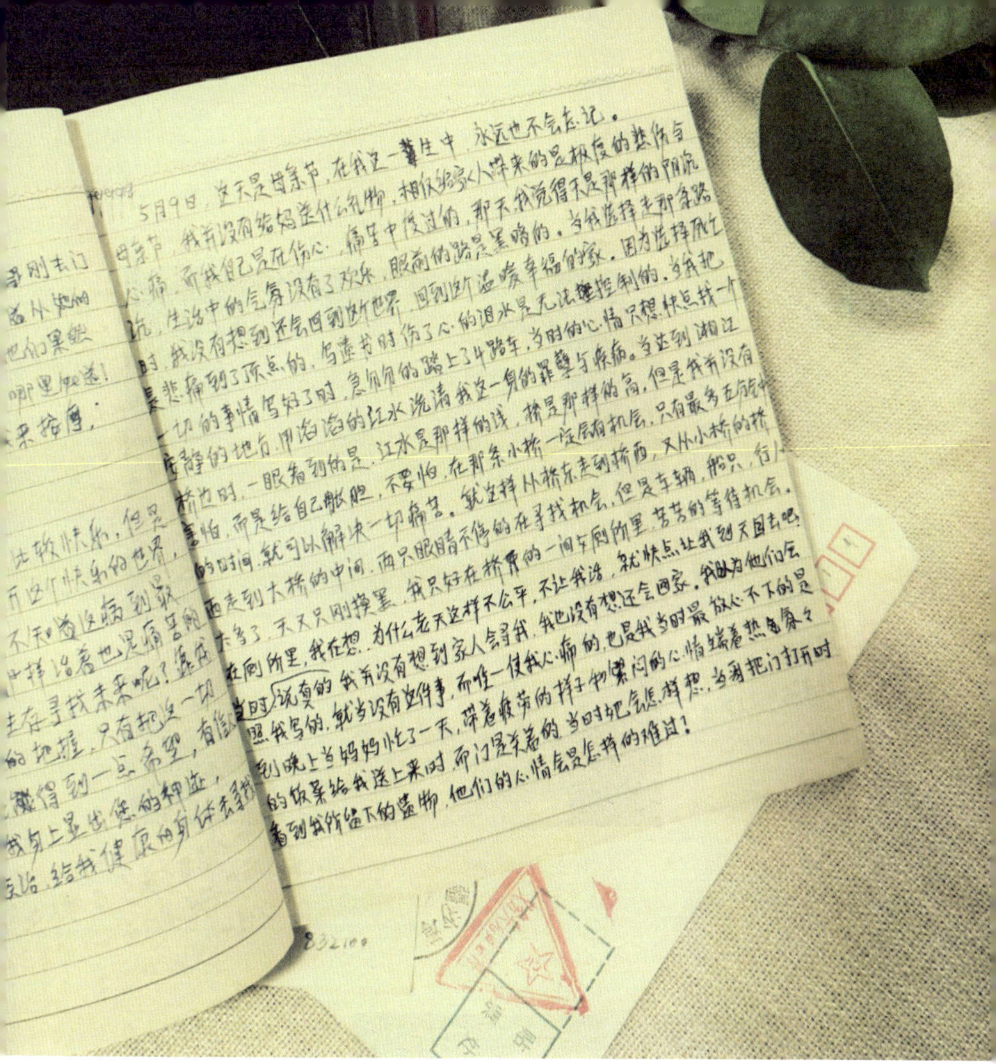

李敏的日记和信件

李敏的日记和信件

献给一切的爱、自然和生命力

序言

今天，我给李敏的新书写序，这给了我再一次思考人生意义的时间。我在问我自己：假如那个人是我，我真的会认为活着就很美吗？

自从认识李敏后，在我的生活里好像多了一份意义，这份意义是什么？不知道。可内心里多了一份感恩与感动，也可以说是一种力量和对上天的敬畏，直达信仰。

李敏是不幸的，也是幸运的。从李敏的真实故事里让我感受到生命的恩典来自于你是否还相信爱的存在，同时你是否还积极地面对一切。那是一种强大的感召力，它足以感动天、感动地。

每个人都有他的使命，不管你现在处于什么样的状态，你都要相信，你的存在一定是有意义的。

我记得去年我15岁的女儿跟我说：“爸爸，你可不可以帮我治疗一下我的同学？我的同学不想活了，她整天都很不开心。”

我说：“可以，女儿，你很有爱，等爸爸回来，你带她来找我吧。不过我短期内不一定能回来，可能要20天之后才能见面哦！”

过了两天，我女儿发来信息：“爸爸，我已经把她治疗好了！”

我很好奇：“你是怎么把她治疗好的？”

女儿说：“很简单啊！我就跟她聊天，然后不断地放大她的光明，逐步减少她的黑暗，同时让她知道她的存在是有意义的。”

我很激动！我跟李敏讲：“你的存在一定是有意义的。”

我深深地相信，李敏是上天对众生的恩典。借着李敏新书的出版，我知道这本书意义非凡，它将会像圣诞老人手上的礼物，送到哪里，哪里就有生命的爱、希望与信心。

它将唤醒一个又一个生命。

2017年，我们“爱、自然、生命力”体系将会在中国关心下一代基金会、全国残联的支持下启动爱心基金，发动社会上的爱心人士，一起努力去帮助更多人走出黑暗、走向光明。

林青贤

2017年1月11日于珠海

自序

我是李敏，如果要以外界对我的身份来评判的话——“女版尼克·胡哲”、卓越父母研究学院亲子导师、心理能量导师等这样的头衔也挂了不少。只是在我看来，真正给予我新生、造就如今的我的东西并不是这些亮闪闪的荣耀，矫情地说，是爱与希望。

是爱和希望，让我活得人模人样。

客观地说，从小我与他人并无二致，该吃吃该喝喝，学生时代也是一个不犯浑的好孩子。若不是疾病对我的“馈赠”，现在的我想必泯然众人。并不是说平凡就不好，相反，可以说追求正常几乎成为我的一生所向，即使到现在也是如此。你们可能很难体会一个身体有残缺的人对于“完整”的渴慕，这也是为什么我只能通过自己强大的精神力量来弥补固有缺陷。

2001 年，世纪之交，春暖花开时，我去了趟西安。我在火车上遇见初恋，对方是“兵哥哥”。后来我截肢，我们鸿信传书，伺机恋爱。此路不通，我结成信仰，再遇爱人，结婚生子，一步步走进“正常人”的“院子”，也不再视自己为漂泊的异乡人，内心渐渐定了乾坤。诚然，这些年来，我的个人履历怎么看怎么像是“抗癌战士”“疾病达人”——大大小小十多次手术，五六种奇形怪状的疾病名称，但正是因为有了它们的陪伴，我才能体会疾病在我体内发芽、生长，体会疼痛与悲哀、希望与失望，才能感受到人情冷暖，感受到同情、怜悯、爱与期待，最终认识到我李敏何其渺小而又何其强大。这些刺痛的转变、艰涩的感受，在这本书里都会有所体现。

事实上，我以前失去的和现在拥有的，都是这些带来的。尤其是我的光荣、内心充盈的爱、坚强、正能量、亲子教育等，这些一度成为我标签的名词，其实并非我的功劳。在这里，借此书付梓之际，感谢那些在我生命中出现并让我“人模人样”的人：

我的父母兄弟，我的丈夫刘同仁，我的孩子以诺，卓越父母研究院院长林青贤、湖南分院许馨匀，我的导师李瞻和彭娅，本书的策划人柏沐芸……是你们，让我颤颤巍巍站起来、走出来、喊出来：我，李敏，活着就很美！

还有很多不能一一具名的心地善良的陌生人，我相信他们比我更加可爱、美丽。同样也感谢有人期待我这样一个人，期待这本书。如果你对我的故事充满好奇，不妨打开这本书，这里面包含了具有新生蕴意的黎明所具备的一切黑暗和光明。

李敏

2017 年 1 月于长沙

目录

第1辑 说时依旧

第2辑 生而为人

第3辑 如是人生

第1辑

说时依旧

人这一辈子，要么腐朽地活着，要么炽烈地燃烧。

我当然喜欢“玩火自焚”。

生活的意义

我很庆幸，此时此刻还能端坐几前，一笔一画写下内心的所感所思。在这之前，我写字的左手才忙完一些家务——扫地、抹桌子、洗晾衣服……俨然一名家庭主妇。

我写字时，以诺有时会歪着头站在一旁看我横竖折弯钩，逮着我好不容易犯错，便兴奋地喊叫：“妈妈错了，妈妈错了，你画倒笔！”那个样子，仿佛这一上午的旁观没有令他感到白费。

“可是，妈妈是左撇子，本来就跟你们写字笔顺不同。”

十岁的以诺，显然难以理解我的这点不同，一会儿跑到我身子右边，模拟写字状；一会儿跑到我的左手边，继续歪着大脑袋看我写字，一脸的若有所思。

也就是在这一刻，我幡然领悟生活于我的意义：陪伴。

过去我看萨提亚，听弗洛伊德，了解心理学，为的是诊疗。就好像一个人身体得了病，自己得寻求药方，对症下药。现在不了。现在坐在干净的书桌前，读书、思考成为常态，不再像过去那般匆忙、如饥似渴，也不再是为了找到那个救治自己的正确答案。一次次从鬼门关涉险而过，心中反倒有了释然。我常觉得，就算孟婆亲手为我递来那碗姜汤，我还会找她老人家再要上一点红糖。“肿瘤”“截肢”…… 这些本身就很刺眼的词，以万劫不复的形态在我的身上反复操刀，挨过来才能得到平静，这时候回过头来看，心境自然大不同。

我来说一说现在的生活状态。

距离左腿高位截肢业已一年有余，这期间，我由之前的“女版杨过”成为“手足皆残者”，还一度认为有望从生理缺陷上超越尼克·胡哲，不过这一年休养生息下来，自觉越来越贪生怕死，全无巾帼大侠的英雄豪气。

有次我独坐轮椅，对窗怀情，忍不住吟诵“你站在桥上看风景，看风景的人在楼上看你……”却被“姑姑”同仁的呼食声打断：“吃饭啦吃饭啦！”他一边喊，一旁的“大雕”以诺一边用筷子敲着碗沿。那时候就会想，哪里还需要做什么巾帼英雄，就这样不起波澜地过着属于我们的“古墓生活”就够了。生活原来还可以这么简单而美好。

同仁习惯早起，每日做早餐，送以诺上学，自己再去上班。

我呢，看心情好坏。心情好，陪他们父子俩忙里忙外，感受“一天之计在于晨”的充实和饱满；心情不好时，指不定也会有起床气，以业余心理学家的侧目揣测爷俩谁会主动伺候我的早膳（结果显示，以诺凭借少不更事战无不胜，同仁因此练就一手好厨艺）。待他们上班的上班，上课的上课，偌大的房子只剩下我一个时，一种莫名的幸福感将我击中：天地万物似乎一下为我所有——无论我劳作、休息，或喧嚣或静谧，我都能感到切切实实的存在，所得到的反馈更会忠实于我。

自由离我是如此接近。

除了在家安心调养身体，读书和思考也是每日必修课。若干年前，“读书”对我来说无非是瀚如星辰的经文、以诺的少儿读物和怎么也读不完的《意林》。“思考”则意味着当下遇到麻烦了，这才需要启动大脑运行一番。最明显的区别在于，经过不断地努力学习，我的阅读范围和深度早已令同仁师弟和以诺小兄弟望尘莫及，他们纷纷表示愿意跟随我的步伐，在求知这条路上走得更远。可我不愿收留他们这般“天资愚钝”的徒弟，宣称宁愿他们多洗几个碗，也好过不自量力拜读那些对他们来说如同天书的心理学理论、哲学书籍。当然，结果证明——他们都是想当将军的伙夫。

虽然一心想要达到“两耳不闻窗外事，一心只读圣贤书”的境界，但今时不同往日，在休养期间，我家的低矮门槛虽不致踏平，却也“屡遭”陌生脚丫拜访。其中，有各教育平台的加盟商邀请我去演讲，“卓越父母”各级团队在全国各地的巡讲邀请也不断。本着“十八个月后又是一条好汉”的心态，我拒绝了大部分的邀请，只在出院早期带着病体参加过老东家在北京、广东、浙江等地的内训活动。仅仅是这几次内训活动，也遭到不少好心的“责难”，他们见我身手矫捷，纷纷表现出难以置信的诧异:“难不成少了一条腿还有助于她疾步如飞？”或许他们心中会这么想。其实我不过装了一只八斤重的义肢，戴习惯了，走起路来速度自然不会慢，顶多给人留下朱自清散文一般的“背影”，见者可能心里不太好受。于我而言，这又不打紧，即使我身如维纳斯，也要给别人留下打眼的美丽。

人啊，终究是要为自己而活的。

生活哪里需要刻意找一个意义，用心感受活着的每一天，能够健康快乐地给予一家人爱和陪伴，多用减法生活，足矣。

在苦难的第七页书写着文明

我在以诺的学校，算是一个不大不小的风云人物。

事情是这样的：作为可能是全班乃至全校最大龄的宅女妈妈，因为鲜有机会亲自接送以诺上下学，所以与他们班上的老师、家长、同学来往自然稀疏。久而久之，在别人眼里或多或少带了些神秘主义的色彩。这其实不是我有意为之，天知道，我多想左手牵着以诺，右手牵着小狗，优哉游哉地出现在学校门口。可我出行不便，体力难以维持，走多了，八斤重的义肢就会“罢工”。虽然义肢造价很高，使左腿行走时如同坐在独腿椅子上，虽然不太费力，但十分考验平衡呢，终究还是不能急转弯，像“车”一样，只能横冲直闯。

不过有两种“荣光”时刻绝对少不了我：一是学期家长会，二是全校优秀家长发表获奖感言。为此，我被同仁师弟奉为“屡登大雅之堂”的人。实际上，只有我自己明白——身为一辈子在烂故事堆里泡着长大的亲子导师、演讲家、布道家，这样的事情对我来说易如反掌，我也十分享受受人瞩目的感觉，它会让我感到自己正在热烈地活着。

人这一辈子，要么腐朽地活着，要么炽烈地燃烧。我当然喜欢“玩火自焚”。

当然，也有玩大了的时候。

记得有一次，班主任老师邀请我代表“优秀家长”发表获奖感言，我欣然答应，没写讲稿和课件，从容不迫地踏上讲台，台下全班同学的爸爸妈妈，还有的是爷爷奶奶，一个个抬头把目光放在我这娇小瘦弱的身体上，我没有用高言大志慷慨激昂的讲话，而是只讲述了我与儿子成长当中的一些心得体会，听得台下的爸爸妈妈爷爷奶奶们流下了大颗大颗的眼泪，当我走下讲台时，教室里响起了雷鸣般的掌声。

后来回到家，强行要求同仁和以诺必须对我在学校的演讲发表意见。毫无疑问，他们对我予以了高度评价，尤其前者，姿态过于露骨，一度令我觉得有些谄媚。倒是以诺，真诚得像是一颗尚未经过卤水的牛肉丸子，在对我做出一番略显“走过场”的评价之后，抛出了一个很好的问题：“妈妈，你在台上表现得棒棒哒！可是，‘在苦难的第七页书写着文明’是什么意思，我不懂。”

看着他忽闪着水汪汪的大眼睛，我感动啊，这颗“牛肉丸子”分明发出了“求教育”的强烈信号，此时不教更待何时：“这是一位叫西川的当代诗人的句子。按照妈妈的理解，这句话的意思大概是说，即使一个人在苦日子里过了很久很久，也一定要保持自己的尊严和品性，让自己变得更加文明、进步。”

以诺似懂非懂地点了点头，停顿一会，接着又摇头：“不明觉厉。”

起先我以为这四字短语是自己未曾谋面的成语，但转念一想，不对啊，“不”字开头的成语早些年就曾有过温习，不太可能没有接触。因此更觉得一头雾水，原本非常和谐的母子教育环节就这样被生生打断。

“以诺，人艰不拆，你妈妈太笨了，我们不跟她玩了，好吗？”同仁趁机拉拢人心，破坏教育“统一战线”。

这下轮到我着急了。对于他们口中说的那些四字短语，我真的一窍不通。后来还是迫于我的“淫威”，同仁不得不为我翻译，我这才知道这两个短语所要表达的意思。原来在我精读专业书和现当代诗歌的时候，网络语言已经发展得如此迅速，而且影响深远，连以诺这种十岁的小学生都能信手拈来。

“所以你能想象，当你当着全校师生的面大肆引经据典、口吐莲花的时候，台下我们小以诺的复杂心情了吧？”同仁乘胜追击，说完还不忘将以诺揽入怀中，假装心疼地摸了摸他的头。

这真是没有办法的事情。我想起术前有一次在机场候机，与吴月波老师的非正式谈话。当时的我还苦于有些磨难的经历不被常人理解，不时表现出落寞的神态。老师似乎看出了我的心思，在聊天中说了一句让我至今难忘的话。

她说："有些人生来不寻常，既然如此，还不如在不寻常的路上走到底，自有一番光明坦途；如果总是在苦苦追求一个别人眼中的'正常'，反倒容易迷失自我，未得出路。"

一语道破天机。

在我接纳自己之前，肿瘤、手术、死亡等这些名词总能轻易击垮我，导致的结果就是——无论身边的人给予我怎样厚重的关心与爱意，我都视如空气，一心沉浸在怨天尤人中不能自拔。

那时候，我在心里咒骂过几乎所有能被咒骂的人或神，觉得自己不被眷顾，连安心做一个正常人的资格都被剥夺。直到一而再再而三地与死神擦肩而过，如今抱着向死而生的心态度过生命中的每一天，我这才接纳所有，明白了一个浅显的道理：既然我生来就不寻常，那就一直不寻常下去吧！自从想明白这个道理之后，我感到越发有力量，生活一下子轻松了许多。

不会弹琴的家庭妇男不是好牧师

我可以负责任地说，同仁是这个世上对我最好的男人。我说这句话是很严肃的，是可以用左手使劲拍着胸膛打包票的。在我看来，不会弹琴的家庭妇男不是好牧师。厉害的是，同仁一箭三雕，都达到了。如果抛开他年渐色衰和囊中羞涩，他离我心目中的梦幻情人标准不是太远。

他会弹钢琴，却极少在我面前显山露水。

结婚前，我甚至不知道这个四海为家的穷小子居然还会这门艺术。别说现在这个年代对待钢琴这门技艺普遍看高，更何况“大三件”风靡的 20 世纪 90 年代。结婚后，有一次我对正在教以诺弹钢琴的同仁说：“当初认识你时，你要是随便来一首贝多芬，我就跟你走了，哪里还需要做什么图书管理员。”

我和同仁是在教会认识的，想当初，要不是他借图书管理员职务之便接近我，为我翻书，我才不会注意到他。婚后知道他会弹琴，还是因为以诺报了钢琴兴趣班，这才将他尘封已久的“三脚猫功夫”拿出来炫耀。一般情况下，只有在家教导以诺指法练习时，他才在我面前露一手，为此，我还曾吃过自己亲生儿子的醋。

他的厨艺日渐长进，却自惭没能将我养胖。

可能还是因为自幼落下的肠胃病问题，即使我努力使自己吃得再多，也很难胖起来。在这一点上，其实有些对不住同仁的手艺。他有时也会气不过，吃了熊心豹子胆，说：“同样的饭菜，喂一头猪，现在起码都有两百斤了，你倒好，当不得猪的一半！”

为了让我最大程度地恢复体能，休养这么久以来，家里的大小事务，同仁几乎没有让我插手。要是心情好，想做点家务事，我还得偷偷摸摸，等到他们上班、上课之后才能实施。反正有同仁在的地方，基本上我就不指望能做什么，时间久了，我问他：“你就不怕宠坏了我，使我养尊处优？”

“不怕！我宁愿做牛做马让你这样养尊处优一辈子，也不愿再看到你在医院受苦受难。”他说完这句话，以诺就突然从他的围裙边跑到自己的小房间，假意掩门，伸出小脑袋，偷偷看着厨房里的我们。

很显然，我令以诺失望了。我只是拍了拍正在炒菜的同仁的屁股，大肆“驾”了一声，勒令他少花言巧语：“师姐我现在饿得可是能够吞下一头牛！”

他是老字号挂牌“牧师”，嘴皮子功夫一流。但他在我面前毕恭毕敬得像是一个遇到了老师的小学生。结婚十多年，我们甚至没有吵过一次架，更别提大打出手了。有时技痒，伺机撩拨他，也曾发过一些无厘头的小脾气，却总是被他温柔地化解。

我不服，嘴皮子开始发功：“你课上得好，会弹钢琴，人又老实，做了教师五六年，说，是不是外面早就有人了？”我单手叉腰，气势依旧恢宏，以女人惯用的逻辑伎俩质问于他。

他却不紧不慢地削着土豆，削苹果一样，捏着手中的土豆皮，不让它断掉，头也不回地说：“五六年算什么，咱们教堂历史都有一百多年了。民国时期，军阀混战的时候，老百姓过得苦，把教堂当避难所的大有人在。你是不知道，当时有土豆吃是一件多么幸福的事……”

见他越说越起劲，注意力根本没放在我身上，我上前两步，提高分贝：“刘同仁，请正面回答我的问题！”

他这才抬头，搬出他四十四岁老男人的鱼尾纹，略为惊讶地反问道：“今天晚餐不是吃红烧土豆吗？”

他总是这样，凡遇大事，临危不惧，在这点上，比我淡定得多。以往我认为他这是有意为之，是大智若愚。后来，接触到两性关系处理的心理学相关书籍后，我才知道像他这样充满智慧的男人大有人在。

这是一种钝感，尤其在矛盾激发的时刻，这种钝感能够降低他们对负面事件或情绪的感受能力，使得他们看上去木讷、淡定、不忌惮、不惧怕。和这种人相处，甭指望能够和他大吵大闹，他们就像是一滩水，拳打他，只会让自己做无用功。然而更为人嫉妒的是，这样的人往往幸福指数很高，他们能够从任何细节中感受到别人感受不到的温暖、感动，也能够自动屏蔽那些让自己感到不舒服的体验。长此以往，这样的“钝感”致使他们表面上愈加坚韧、淡定，内心却也不失细腻、敏感。

不得不说，能够找到这样一个男人做老公，我也是幸福有加。虽然蚯蚓般的鱼尾纹渐渐爬上他的额头，木讷的他常被我误解为不解风情；虽然他挣的工资刚够抵付儿子学费、家庭日用，一时不能、将来或许也不能成为受人尊敬的富爸爸，但他给予我们母子的爱、滋养，以及对这个家庭所作的贡献，万不是金钱能够买到或衡量的。当然，世事也无数次教育我们：梦幻情人在梦里，理想爱人要珍惜。

我会且行且珍惜，为了这个挂着“牧师”头衔的、会弹琴的“家庭煮男”。

爱哭鬼电影爱好者和猪八戒背媳妇

爱哭鬼电影爱好者

经历多了，自然承受能力见长，再想的东西跟以前完全不一样。

苦难真是人的第二所学校。接二连三地与死神擦肩而过，让我看到了生命的脆弱，生而为人的种种不易。我开始惜命。明白了生命只有一次，活在世上，理应开拓眼界，多重体验，并且尝试用减法生活，对名利权、是非的追逐与热爱明显降低，整个人由内而外焕然一新。

就实际结果来说，癌症于我，除了发病时对身心造成不可逆的伤害之外，其实这之后也对我带来了莫大好处。

我比以前更爱思考，而且是那种思维层次有质的飞跃的进步。就拿阅读和电影这两件小事来说，除了一如既往地参看信仰之书，其他时间对心理学、家庭教育、散文等书籍如饥似渴，对生死哲学、励志正能量这类题材的东西爱不释手，用同仁的话说就是："任何与人性相关的东西，都能引发你的兴趣。"

所以无论是叩问灵魂质量的《21克》、激励人心的《当幸福来敲门》，还是翻阅无数遍的《我和世界不一样》等，它们给予我心灵无与伦比的力量。当然，这样的后果就是：家里的抽纸更换频率明显加快，我的泪腺越来越发达，经常是同仁牵着刚放学的以诺走进家门，第一句话不是喊他赶紧做完家庭作业，而是"快去，给你的爱哭鬼妈妈递纸巾"。

有一次，还是在看《我和世界不一样》，尼克·胡哲依旧慷慨激昂，在屏幕里平静地述说他波澜壮阔的一生。可能一时看得太过入迷，手里有没有纸巾完全不知情，只知道情到深处，眼泪决堤，左手操起什么就开始抹眼泪，直到举至眼前才发现——手里拿的居然是一本尼克·胡哲《像雕塑一样活着》的书！当时心里那个尴尬，放下书本又责罚自己再看一遍电影……

电影看多了，表达欲望更强烈，这对我的眼界和口才大有裨益，我对世界逐渐呈现理解、包容的心态，对同仁和以诺这两个笨蛋的"含沙射影"更加明目张胆。电影真是一件令我感到快乐的事情。

猪八戒背媳妇

在我们家，各自都有一个梗，只要触发就能令人捧腹大笑。我是容易犯“尼克·胡哲花痴综合征”，同仁是“猪八戒背媳妇”，以诺的暂时保密，毕竟他对光头强、挖掘机有着发自内心的喜爱，让我这个做家长的现在诚心诚意地祝福他，有点为难。秉承“子不教，父之过”的至理古训，我决定在这里略蘸笔墨，好好说一说同仁这个“猪八戒”。

做过医院陪护的人都知道，作为家属，在医院照顾病人时，其实操心费力，好不容易能够休息一会，面对整个急救病室凝重的气息，也会感到无聊、压抑。所以，据我观察，有一个现象在急症病室非常有趣：但凡有一个熊孩子出现在这里，便能轻易带动整个病室的氛围，原本死气沉沉的那些病人或家属，可能瞬间变身，让人怀疑他们是不是分裂出双重人格来。十分荣幸的是，我们家同仁扮演的就是“熊孩子”这样的角色。不过话说回来，这一点，他可能还不自知。

情况往往是这样的：当我的亲朋好友、同仁的教友以及以诺学校的师生这些好心人纷至沓来，看望彼时身处病床上的我时，为了照顾这些人的低落情绪，使得场面不那么难看（尤其左腿高位截肢，我躺在病床上动弹不得，有种供人观瞻遗体的感觉），往往需要同仁来润滑场面。有时他得像地方领导一样繁忙，带领他们视察周边环境，耐心讲解项目（病情）进程；有时又像被划重点的扶贫对象，接受各级领导的亲切慰问，露出憨态可掬的笑容和刚为我揩屁股的双手，使劲与来者握手，以示感谢和受宠若惊；有时遇到大人物，前面两招都不好使，而我状态要是还行的话，就会使出“猪八戒背媳妇”，可见，我不轻易让他做“猪八戒”，心里还是有他的。

也有看热闹不嫌事大的病友，在一旁叫阵：“猪八戒背媳妇！猪八戒背媳妇！”惹得来者表现出极大的好奇心，看着我俩，那神情似乎在期待一场绝世好 show！没办法，事已至此，只能咬着牙上，遂柔声一唤：“同仁，背我上厕所吧！”再对他使一个幸灾乐祸的小眼色。

他就懂了。不管这个时候他在忙什么，都会丢下手头上的事，屁颠屁颠跑到我的床前，背对着我，屁股高翘，躬身弯腰，待我“上马”。还没等我将左手搭在他的背上，那些热情的病友冷不丁放出《猪八戒背媳妇》的手机铃声，一边放，一边跟着哼唱。

歌声贯彻病室，有时“猪八戒”本人也会配合歌词，假装身负沉物，亦步亦趋，跟着节奏大声唱：“出了高老庄，一路好风光啊！”然后将骨瘦如柴的我安置在厕所马桶上，关门，出去与那些“损友”嬉笑打骂成一片。

这样的好日子，现在想来竟还有些莫名怀念。

湘江风光带风云人物

曾有言形容君子之交：相见亦无言，别时常忆君。这样的相处模式，也十分契合我与父亲之间的互动关系。大病过后，我与他的来往反而频繁，这种情况在以前是想也不敢想的。

过去，我对他心存芥蒂，觉得他重男轻女。因为我这不争气的身体接二连三出毛病，总给他和家庭带来噩耗，像是报丧的乌鸦，自然不招人欢喜。但时过境迁，待我自己走过那些付之一笑的艰难岁月后，再回过头看从前，其实误会的成分偏多——在我们社会，子女与父亲之间的关系，往往隔着一堵屏障，要是做母亲的不去参与、移动，当事人有可能一辈子都难以直面彼此。我是在接触更多的心理学、家庭教育常识之后，才对这点深有感触，并决定重振我与父亲之间的关系。想来想去，以我现阶段对他的第一印象来看，“湘江风光带年度风云人物”是对他最好的概括。

李嗲之所以是李嗲，当然不是因为他很“嗲”（虽然他听花鼓戏、唱戏咬字时略显妩媚），而是因为他上了年纪，却尽行“为老不尊”。他下棋臭，架子倒不小，尤其不明真相的围观群众很多时，范儿十足，即使棋面难看，早已被对方杀得车马不留。以致湘江湖畔因此多了不少常胜老将军，爱和他下棋，一个输得风光，一个赢得高兴，和谐得不成个样子。这也是为什么他能从众多老头子中脱颖而出，成为最受欢迎的“江畔棋坛老宿”。

李嗲会拉二胡、吹喇叭，这令我感到意外。儿时没见过他捯饬乐器，到我自己身上，更不存在传承衣钵之说。有一年给他老人家买了御冬棉袄，拿去送他，见他独坐石凳，拨弄琴弦，苦练技艺。几个老奶奶目光觊觎地围观他，一时令我止步。“哎呀，不错嘛，李嗲现在都有夕阳红铁杆粉丝了。”我心想。后来待他安抚众人散去，我才斗胆上前进贡献礼，仔细询问，才知道他是近年染指乐器，私底下拜师学艺——“连续输他一个月棋才收了我这个年纪最大的关门弟子！”李嗲不无唏嘘地感慨。

“那也值，你看现在都有多少老粉丝对你挤眉弄眼！”我一边说着，一边将礼袋递给他。

“这话千万别让你妈听见。”他瞟了眼袋子里面的衣服，将它放在脚旁。

记忆中那天是个暖冬，北风收敛了凛冽的脾气，雨雪天气也开了小差，并未如时降临。我和李哆并排坐在沿江风光带的石凳上，回现峥嵘。

“怎么样，现在还打得过蔡娭毑吗？我也不用躲着你了。看你在这里闭着眼睛拉二胡，有上前丢给你几枚钢镚的冲动。”蔡娭毑是我母亲，年轻时，与天斗，与地斗，与李哆斗，其乐无穷。两人经常上演全武行，吓得我们几个小的四处躲窜。

“哪敢？光是她那张嘴就比得上大唐高僧，让人不敢近身。”俄顷，李哆又似乎陷入沉思，再出壳时，摇了摇头，笑一笑，转过头，问，“怎么，心里还是在怨我？”

就在这一刻，我忽然想起小学时一次六一儿童节，学校的小朋友一个个都穿上新衣服，脸上堆满艳妆，排练庆典节目。中午回到家，我顶着胭脂红唇吃完饭，准备午休完毕，下午好好在舞台上表现一番，却被当时的中年李哆呵斥：“我李某的女儿不准化妆！不准穿高跟鞋！不准弄得妖里妖气！”正巧同班同学路过家门，在外面呼名唤姓，叫我一同返校。我自觉没有做错什么，大家都是这个样子，为什么独我不行？欲破门而出。中年李哆死活不从，脾气仿佛置入沸水中的温度计，一下蹿升，给我下最后通牒：“你敢走出这个家门，以后就别再回来！”

“那幅场景我现在都还记得。至今，我都没有穿过高跟鞋。”我把这些一股脑告诉李嗲，他将刚拿起的喇叭，旋即放下，耷拉着头，对自己摊开的双手叹了口气。“还是穿上衣服吧，听说今天可能变天，要降温。”我又把那件中老年服饰拿出来，左手抓着它在李嗲胸前比试了一下，示意他穿上。

他原本佝偻着的腰，倏地挺起，再起身拍了拍腿，将二胡、喇叭各自放进乐器盒，收好，妥置一边，这才转身接过衣服，麻利地套上。在这个过程中，他还趁机问了我：“花了多少钱？”

“八百多，打了折的。”我上前为他整理衣角。

“没必要。”话还没说完，一帮收拾待毕的老头儿从我们面前经过，挥手道别：“李嗲，我们先走了，衣服好看！”李嗲这位风云人物也只是挥一挥手，算作回应。

不一会，不知道是我搀扶着他，还是他搀着我，咱俩就这样踩着螃蟹一样的步伐，走往回家的方向。一路上，我和李嗲这位湘江风光带风云人物不再言语，心却像是空洞的灯口被装上钨丝灯泡，一下点亮，整个心房很是温暖。

覆水可收

“人在经历苦难后，心境上最大的一个变化即是：再也不愿提及，抑或是笑说曾经。再诉苦，不过徒增他人的厌倦，让自己陷入顾影自怜的深潭。没有人能够对另一个人百分百感同身受，即使有，那短暂的情绪共鸣过后，依然只能道一句各自安好。人与人相处愉悦的基本前提是——谁也别将自己活成别人的负担。”打下这些字，刚好门铃响起。我支使正在看电视的以诺去开门。果然是蔡竢驰。

“还在写书稿？别忘了做礼拜。”摩挲一把以诺的脑袋后，蔡竢驰就近坐我身旁。

“记得的。”每逢周末，蔡竢驰都会过来，叫上我一起去教堂礼拜。有时候还会顺便牵上李哆，后者嚷嚷着要来看望外孙。

“编辑说我的稿子线条单一，读起来味苦，正能量不足。我还得想方设法走上正轨，力争出版。”我招呼她老人家过来看书稿。

她也不起身，看着我就是一通训诫：“你这一辈子，本来就苦。我这当妈的，根本不用读你的书，有时候光是想起你的前半生都能哭。不过现在好了，肿瘤虽然让你少了一只手、一条腿，但换回了难得的幸福家庭，同仁对你这么好，诺诺又乖巧，一天天在长大，你只要健康地活着就好。”

“好好好，活着就很臭美了好吧！不过你现在要支持我的工作，我要当面采访你一些问题，你要坦白从宽，如实交代！”接着，利用这段简短的时间，我拿出早已备好的问题，也不等她回复，直接发问。

“人们说，‘嫁出去的女儿泼出去的水’，我这盆水，怎么样？”

“到底现在是读书人了，讲话、问问题都一套一套的，欺负我这个没文化的老妈子是吧？我觉得，这句话讲得非常有道理，而且，女儿这盆水，泼出去时是沸水，再收回来就是冷水了。”蔡娭毑明显有点激动，在说到“沸水”“冷水”时，手部动作丰富，一会向上抖擞手指，一会摊开手掌。

“此话怎讲？”她这个观点，有点意思。

“不是过来人难明白，讲也是白讲。以后等咱们家以诺胳膊肘向外拐的时候，你就知道那种感受了。不过话说回来，你这盆水还不算全泼出去，至少收得回来。”

“想不到啊，你这个回答出乎意料地玄乎，让我找不到深挖的点。你是不是看到我有可能写到书里面，在这里故作深沉，想要树立自己的光辉形象？”

“随你怎么说，反正我只是上过一年私塾的老文盲。”

确如“文盲”蔡娭毑所说，她只读过一年书，便和双胞胎姐姐去捡鸡屎、讨食百家饭，长大后更是命运多舛，异常艰难。只是对他们那一辈人来说，大家好像都是这样子过来的，并未对此有什么抱怨和不满，不像我们现在这一代人，遇到点困难、挫折就寻本溯源，怪罪不可选择却又耿耿于怀的“原生家庭”。

姜还是老的辣。

为了从蔡娭毑嘴里套出一点新鲜的干货，我决定采用迂回战术，最后再拿出压轴好问，予以当头一击。

“第二问，你现在一不跳广场舞，二不打麻将，以至于广场舞界、麻坛都没有你的名号。反观李嗲，叱咤湘江风光带多年，工烂棋，擅聒乐，俘获老娭毑粉丝无数，两相比较，作何感想？”

“我也有我的快活啊！我们伟大的妇女同胞，不像他们那些糟老头子，只知道早起锻炼身体，一到晚上就成了缩头乌龟，怕鬼似的不出门。我上午买菜做饭，下午接你哥哥的儿子放学，吃完晚饭去花园、广场走一万步，其间和邻里大侃家长里短，周末又来约你去做礼拜，那些姊妹比我还热情。你说我这日子过得充实不充实，快活不快活？”

“听你这么一说，好像你的老年退休生活比以前工作还要忙碌。”

“只能说生活太精彩，人情世故无止境。女人这一辈子啊，都别指望什么‘退休’，闲不下来的！你爸还好，身子骨还算硬朗，暂时没出啥问题，不然我更忙。”

“一般情况下，两老什么时候同框出镜？”

“同框出镜？”

“意思是说，同时出现在公众场合。”最近我也学了些时髦网络用语。

“那几乎没有，每天除了一起吃饭睡觉看电视，其他时候都见不到人影。不过这也好，落得自在，免得一看见他就唠叨，老小老小，男人一上了年纪，就跟小孩子没区别了，有时甚至还不如咱们以诺听话！”

一旁的以诺听闻自己小名，朝我们这里瞧上一眼，掉头又沉浸到动画片剧情中去了。

蔡娭毑越说越激动，看样子是不能轻易提到李哆，否则对话极容易陷入对后者的批判中去。

“第三问，在大哥、我和弟弟三个子女中，谁最给你争气？”抛出这个提问，自己都忍不住窃笑，立马想要看到蔡婗驰招架不住、吞吞吐吐的模样。没想到却失策了。

蔡婗驰一时仿佛燕人张翼德附体，怒目圆睁，声贝大提：“问题可不能这么提，手心手背都是肉，你们当然都很争气！尤其是你，走到如今这地步真是不容易。只能说，你们三个在我这里各有千秋——你哥开粮店，油米不愁，是我的生活保障；你弟在部队工作，副处级干部，是全家人的仕途希望；你呢，先把身体调养好，将来还要去全国各地巡讲，不管你是亲子教育导师，还是写书的作家，我都一直把你当作我的精神支柱，明白吗？”

说着说着，蔡婗驰竟有些动容，眼窝子泛了红。

我想：坏了，再问下去老人家的情绪不能自顾了，伤心动肺，对谁都不好。

于是不跟她打招呼，套上义肢立马飞奔过去，给了她一个安慰的拥抱，轻声耳语道：“妈，谢谢你。”

“肉麻，走开！我要跟诺诺看光头强。”说完，她便起身往以诺方向走去。

在去做礼拜的路上，我终于还是向蔡老妈子提出那最后一问：“如果你不争气的女儿在哪个手术台上再也没有醒过来，你会怎么办？”

“不知道。但可以肯定的是——你还记得泼出去的水吗——只要你这盆水还在，我们就不怕覆水难收，我们就还可以寻找你，我们至少还有希望。”

德艺双馨的人民老哲学家——蔡婖驰无疑。

五伯娘、迎客松和女超人

不知听谁说过：聪明的妈妈，带孩子可以很快活，笨妈妈才会使之成为苦力活。这话要是放在我身上，就是现在与过去的我的真实写照。当然，判断自己是聪明妈妈还是笨妈妈的标准，很简单——问自己儿子就好啦！

为了成功套出儿子对我的真实评价，在一次陪同他游戏归来后，好不容易创造出一段精心时刻。那夜月朗星稀，微风拂面，我牵着他的右手，边走边问以诺："今天妈妈陪你游玩，开不开心？""开心。"在得到正面答复后，发现他状态不错，立即开始旁敲侧击，最终从他口中得到三个名词，分别代表不同场景下的我：五伯娘、迎客松和女超人。

五伯娘

以诺说，因为小时候我偶尔带他去教堂感受氛围，懵懂的他无法理解那些繁冗的仪式，特别是在祷告、默念经词时，神神叨叨地碎碎念。“看上去好像五伯娘！”以诺这么说（“五伯娘”在同仁家乡话中意指缺牙面陋的女子，后被以诺不学好，经常拿来嘲笑我）。

每周日，我都要以饱满的状态去教堂做礼拜，这件事对我来说俨然形成一种条件反射的习惯，周末等于做礼拜，做礼拜等于周末，几乎成了充要条件。周末放假，以诺偶尔闲极无聊时，才愿意跟我一同前往，我也从未强迫他，毕竟那里也没小孩子跟他一起玩耍，大人对信仰的看重和仪式感在他们看来多少有些凝重。不过，我也不为此剥夺他的体验感。“五伯娘”就“五伯娘”吧，总比《蓝精灵》中的格格巫和《小红帽》里的狼外婆要好。

我知足。

迎客松

儿童的想象力真是令人诧异。以诺还称不上熊孩子，各方面算是中规中矩，当然，学习成绩在我和同仁的悉心调教下有了突飞猛进，这点功劳，还是不能抹杀的。但是令我感到不可思议的是，即使这样，他的想象力还是超出了我的想象。试问，有哪个家长在校门口接孩子放学时，会被对方形容为“迎客松”？

试想一下这样一个画面：我顶着大太阳出现在以诺学校门口，为了占领一个显眼的位置，一瘸一拐地走进叽叽喳喳的人群中。我一边挤，一边问：“不好意思，请问这里是几点打铃放学？”在得到一个预料之中的答复后，成功吸引一两位好奇心浓重的家长，进而做好扭扭捏捏不愿作答的姿态，跻身有利位置。逐渐交谈，满足他们对故事的渴望，聊得兴致高了，我还会上下比画，这里拍拍，那里供人捏一捏，动情处酸鼻子，该释然时开怀大笑。在那时候，不失为一个天赋异禀的表演家。

可能就是在这某一个间隙，因为下课铃声响起，那些背着花花绿绿大书包的孩子浪潮一样从门内席卷而来，这些原本好奇心十足的家长一时精力分散，将目光转投到我的背后。我像是失去了关注的公众人物，一时难以适应，僵在那里，或许就是这短暂的十几秒所造成的误会，让正走出校门的儿子看到熟悉的背影——站在制高点的妈妈，在那一瞬间看上去像极了——迎客松。

以上这些，当然是我设想出来的场景，是对以诺口中“迎客松”评价最完美的解释。真相可能就是：这个顶着一颗大脑袋的学习积极分子，从课堂或课外书本上习得黄山这株植物，在经过书本的初步美化教育后，将它被赋予的内在精神属性转嫁到我身上——坚强、挺拔、热情、等待，说得更直接一点就是望儿石。

可怜天下父母心，我这样复杂的心理活动，为人父母的，才可能深有体会。只不过，迎客松就迎客松吧，总比猴子石大桥边的那蹲石猴强。

我接受。

女超人

我这个人，最大的优点是好为人师，最大的缺点是身残志坚。这句话当然不能从字面上理解，它是我从现实出发所理解的长久生存之计。因为缺胳膊少腿已成事实，这不是我能主观控制的，所以长久来看，给人“身残志坚”这样的评价并不难，甚至不费吹灰之力。但显然容易给常人造成一个挥之不去的刻板印象——李敏这个人，虽然身体残疾，但其他方面还是不错的。其实作为手握国家二级残疾“资格证”的人，这并不是我想要的结果，我希望有朝一日，人们说起我，并不会用上“虽然……但是……”这样的造句，一上来先是言明我的身体残障，再赋予一个过气的名词以褒奖。我希望有一天，人们谈论我，会这样说：“她啊，真的好为人师，能说会道，很适合做亲子导师、家庭教育导师、演讲家，可惜，就是身体不怎么好。”我喜欢这种表述，它更接近于我所理解的真实。

然而，在这方面，我们家以诺总让我丈二和尚摸不着头脑，继“神婆”“迎客松”之后，“女超人”这样的用词都派上了场。我问他：“妈妈又没有超能力，而且右手没了，左腿装的是义肢，也没有长出隐形的翅膀，怎么就变成女超人了呢？”

这小子并未急于回答，趁着夜色，凭着嗅觉牵引我来到一位卖糖葫芦的大叔面前。“你给我买冰糖葫芦吃，我就告诉你！”他奶声奶气地说道。

于是，为了得知他内心深处的小秘密，我不得不接受被他“趁火打劫”的事实，挑选了一串数量最多的拿给他。看他吃得很高兴、认真，怕他噎住，一时没敢向他索要真相。

过了一会，我问他：“糖葫芦好吃吗？可不可以告诉我，妈妈为什么是女超人呢？”内心早已掐表，心想你这个胖小子倒是快点吃啊！

“好吃，妈妈你要不要吃一颗？”他咕噜着嘴，将葫芦串伸了过来。我弯腰，咬下一颗。这个间谍工作真不好做啊，不是早就打成一片了吗，还得委曲求全到什么时候？直到他吃完糖葫芦，心满意足地打了一个饱嗝，我这才战战兢兢地替他擦了嘴，等候将军发号施令般，期待他最后的答案。

“妈妈，我刚刚要跟你说什么来着，忘了。”他一脸无辜地看着我。

你当自己吃的是失忆丸吗？我心想：完了，这五块钱的糖葫芦算是石沉胃海，便宜了这个白眼狼。但我还是做了最后一搏，挤出蒙娜丽莎式的微笑，耐心地再将问题告诉他一遍。

“因为……因为你会变身呀！”他大叫。

“变身?！”

“对啊，你在家里和学校是两个样子。”我没打断他，示意他继续说。

“妈妈在家里很文静，一到学校开家长会、表彰大会，妈妈就变身了，在台上讲话的时候很勇敢，下面的人都跟着鼓掌，像超人一样，很坚强、伟大！”说完，这小子满脸崇拜地看着我，弄得我有些不好意思。

女超人就女超人吧，至少这串糖葫芦没有白请。回到家，我可要好好亲他一顿！

我开心。

在路上

当许巍《生活不止眼前的苟且》火遍大江南北的时候，那一句“生活不止眼前的苟且，还有诗和远方的田野，你赤手空拳来到人世间，为找到那片海不顾一切”激起多少人内心的涟漪。

自从与癌症交手过后，这种精神上的追求焰火将熄，是再难对未来的自己促膝而谈了，“眼前的苟且”就捉弄得我够呛，哪有心思兼顾“诗和远方”。可稍显安稳，平淡的日子足以令我平心静气，“走出去看看外面的世界”这样的想法就会日渐强烈。这不，今年暑假，我们家便“组团”进行了张家界四日游。

以诺长这么大，还是第一次出去游玩，很是兴奋，一路上这个不懂，那个好奇，对我们这种明显不博闻强识、没有百科属性的父母，言语间充满了不友好。四个半小时的车程，一路上我不停往他嘴里塞东西吃，伺机哄他入睡，然而都不管用，他像打了鸡血般，对这个世界发出稚嫩又尖酸的警世良言："离多远不知道，张家界有哪些好吃的也不清楚，有没有变形金刚、游乐园也不知道，晚上能不能露营还不告诉我，就知道要我看书、吃零食，你们是大坏蛋！"

到达目的地，休整完毕，中午吃完饭，一行人跟着导游顶着骄阳来到黄龙洞，以诺那张小嘴终于消停，脚步都挪不动，想必被世界性的溶洞奇观给吓傻了。洞里的那些石柱、石花、石帘、石钟乳，还有梯田、传说中孙悟空用的定海神针、瀑布、沙漠、雪峰、河流等，全在七彩之光的映照下耀眼夺目、熠熠生辉，令人眼花缭乱，仿佛置身神话世界。我一度被这些景色吸引，竟忘了自己一条腿的出行不便。同仁带着儿子跟在导游身后，走得很快，我都紧随其后，眼睛都忙不过来。听他们说，这里没有回头路可走，只能勇往直前，一个半小时后，真没想到自己能走完 7.5 公里的全程。回到酒店，取下假肢，那两个在旅途中抛下我不闻不问的"负心汉"这才给我端茶送水，大献殷勤。同仁担心我的身体吃不消，叫我干脆待在酒店里，等着他们王者归来好了！我主角光环这么亮，岂能接受如此安排，自是没有给他好脸色看。

“实在走不动，大不了让某人变身猪八戒。”我给一旁看戏的以诺使了个眼神，他先是愣了一下，尔后立刻心领神会，一边嚷嚷着“猪八戒，猪八戒”，一边手舞足蹈。

第二天，旅程继续。导游带领我们乘上世界第一梯——百龙天梯，站在电梯里面，外面的景观通透如镜。天梯升起来时，人好像在起飞，往下看，脚下却是万丈深渊。视效冲击，对于我这个有点恐高的人来说，如何控制义肢不发抖成了科研级别的世界难题。本来人就瘦小，再抖，同行的游客则有幸在百米高空中见证一脸刚毅如刘胡兰的帕金森综合征患者，美了他们了。

只花了 66 秒，我们就到达了山顶。号称“南门一柱”的哈利路亚山出现在眼前。接下来是雄伟壮观的天子山，葱木如军，很有看头。这让我想起小时候上学，每日也要翻过的那些山头，只是没有这里的峻秀，但够野。

再来到袁家寨子，观赏十里画廊。我初中文化，不懂画，只能用眼睛看，用心感受：于我看来，它们看上去很美，却都长一个样，很容易审美疲劳。还好身边有盯着美女导游出神的同仁和大呼小叫一看就没见过世面的以诺这两大“金刚”作陪，他俩像是茫茫白雪中的两颗臭石头，避免我出现盲雪症。最后，我们一同坐索道滑回地面，以诺开心得就像《冰河世纪》里的史前小动物。

第三天是去国家级森林公园，猴子在林间嬉戏，一点也不惧生人，金鞭溪的小鱼兀自游荡，好不惬意。因为这个景点太过著名，游人如织，即使以诺快乐得如同金鞭溪的小鱼，我和同仁也不得不时刻像牵着猴子一样牵着他。在路过那些著名的景点时，同仁便会充当跟拍摄影师的角色，好让我们露出到此一游的笑容。说实话，我更喜欢森林公园一些，一家人随众漫步园内，观景阅色，优哉游哉。

最后一天，我们早晨 5 点半就起了床，为的是避免人流高峰，早早穿越玻璃栈道——鬼谷栈道。有趣的是，同仁和以诺居然全程安然，没有像一些恐高的人那样匍匐前进，真是令我感到不可思议。看来，我们家一个个都长着大心脏。鬼谷栈道下，风景绮丽，在游玩的过程中，我一直期待能够遇到奇人异士，在这样有如仙境的地方遇上高人，最为应景。

整个旅程下来，除了惊叹大自然的鬼斧神工，人类用聪明才智铺张穷苍的本事也展现得淋漓尽致。我想起自己年轻时，因为自己的疾病而错过不少美丽的风景，世界曾经一度灰暗、迷惘，现在却能拥有爱我的丈夫和可爱的儿子，实在是欣慰。纵然这条假腿走路的时候让我左摇右晃，空荡荡的右衣袖常惹人注目，可正是因为它们的存在，我才是我。几天下来，长时间的行走从没使我身体乏累，整个人也因为运动的缘故焕发新机，新鲜得如同一棵刚出土的白菜。

第2辑

生而为人

现在的我，信心满满，不再害怕癌症，勇敢面对残缺。生活对我来说每一天都崭新如画，我活着，是因为我还能感知；我感知，所以要将自己的过去和现在说与人听，尽自己最大所能去激励那些身处软弱、痛苦中的人。我将用生命见证生命，用生命影响另一个生命……

落下病根的童年

1975 年 11 月 11 日，在一个大雪纷飞的清晨，我出生在一个贫苦的农村家庭。听妈妈说，我一出生就哭个不停。从出生之日至一岁有余，我都是在哭声中度过的。没有人带我去医院，也没人知道为什么我一直在哭。我出生时叫李敏，后与他人重名，父亲便拆字改名，所以儿时很长一段时间也叫作李每文。我在家中排行老二，上有兄，下有弟。

像大部分 70 年代生人的家庭那样，父亲重男轻女的传统思想严重，性格暴戾，嗜酒好赌；母亲只读了一年的书，从小与双胞胎姐妹吃百家饭长大。母亲长大后，为了使家里少副碗筷，被外公外婆安排出嫁给一穷二白阶级身份良好的父亲，婚后成为典型的农村妇女，一天到晚扎堆在生产队做农活、赚工分，与父亲的感情用现在流行的话说就是：相爱相杀。三天一小吵，五天一大吵。记得小时候每逢父母吵架热战，我和弟弟都会吓得躲在墙角，出不得声，彼此相拥啜泣，哥哥倒是冷眼旁观，平静异常。哥哥长大后也确实如此，率先脱离了家庭的束缚，这是后话。

随着年龄的增长，我开始学会了走路、讲话，一个普普通通的小姑娘慢慢地长大，开始读书了。我清楚地记得那时候自己简单而快乐，因为那时候的我特别活泼可爱，常被左邻右舍夸奖。在学校里比我大的高年级姐姐逗我玩，也说这小姑娘出落得漂亮。就这样，天真无邪的童年晃眼即过。

在读一年级下学期的时候，我的人生开始遭受变故。在当时的农村，每个女孩子头上都有虱子，我也不例外。外婆看我整天抱着头抓来抓去，就危言耸听地告诉妈妈，还千叮咛万嘱咐地让她给我洗点“六六粉”（现在早就禁止用这种剧毒农药，听说撒到田里三十年都还存在残毒）。洗后虱子确实没了，倒是头上长满了癞痢。妈妈继续用盐姜水给我天天洗头，癞子不久也就见好，但我的眼睑部位又长了几个像痱子一样的白斑，而我妈认为那是六六粉留下的后遗症。有一天家里来客人，请了爷爷来我家吃饭，当客人说我长得好看时，妈妈随口提了下我脸上长的痱子，而我那喝得醉醺醺的爷爷随意看了眼说：“这是癣，弄点牛尾巴草往脸上擦一擦就好。”

当时我的妈妈眼前一亮，不假思索地就要哥哥在第二天上学路上弄点牛尾巴草给我涂在脸上。从小懂事能干的哥哥在我们早上去上学时真的在堤坡上弄了一点牛尾巴草涂在我脸上（到底是不是牛尾巴草我也不知道）。记得当时我并不乐意涂拭，但哥哥说：“妈妈要我涂的，不涂妈会打我。”我也就只能听从。

到中午放学回家吃午饭时，我的脸又肿又黑，一块连着一块，当时妈妈以为毒素已被排解出来，并没有理我。可是到第二天，脸开始有些痒，甚至开始有发烂的迹象，使我忍不住想去抠挤。这下妈妈急了，开始四处问人这是什么原因造成的。有人说这是蜈蚣单，要抹点鸡冠血才好，妈就照办；又有人说这是瓜瓣单，要弄点草药擦，妈也照办。但就是不见好，反而越来越烂。后来父亲就带我去看中医，那个医生又捣了一些有毒的草药，涂在我的脸上，他说这叫“以毒攻毒”。他还特意为我开了一些泻药，说是要把体内的毒排出来。

就这样，我像是一个试验品，被这些人折腾来折腾去。

记得当时听说涂的药有毒，我嘴巴抿得很紧，生怕毒药进到嘴里。在此之前我的肠胃很好，吃泻药都没有拉过肚子，后来肠胃就这么生生被破坏。也不知从什么时候起，脸不再烂，但全身颈部、膝盖、手腕上还是有一些或红或黑的斑块。同学们见状，都嘲笑我，说我是当代钟无艳。爱美的我很想穿裙子，但又生怕同学嘲笑，所以未能如愿，长裤不仅把我包裹得更紧，也更让我有些与世隔绝的感觉。外婆带我去看当地的赤脚医生，那医生稍作望闻便下定决心地说：“这娃的皮肤恐怕患了顽固性的红斑狼疮，那是没有药治的，得了就不会好。”吓得外婆一带我回家就对妈妈说:“你有吃的多给她吃点,她要真是这病，你也没办法。”妈妈听了不太放心，第二天就带我前往益阳市中心医院检查,但皮肤科的医生却表示并没什么大的问题:“是让你们乱投医把皮肤破坏了，到她十七八岁成人后，这些病症就会自然消失。”没开一点药，正如医生说的，皮肤逐渐地自行愈合。但是，幼小的心灵因这难看的皮肤时常被人议论、嘲笑，烙下了深深的心理阴影。

后来因为皮肤病,大人们都说我体内有毒。有一年放暑假，姨妈家建了一栋很气派的二层小楼房，妈妈带我们三兄妹和表姐去玩。因水土不适，又在那山上摘了野生桃子、李子，吃坏了肚子，他们都被安排吃了止泻的药，却不给我吃。外婆、姨妈她们一致认为让我泻掉一点毒更好，在他们眼里，“以毒攻毒”好像天生就是为我准备的词语，他们也确实是这样做的。就这样拉了好多天，回家后，爸爸带我去了一个瘫痪在床的郎中家，开了一个中药偏方，吃了几服药后稍有好转。但从此我的肠胃时好时坏，有时肚子胀得像皮球，有时一天拉十几次，有时呕吐不止，导致整个人很是瘦小。就是在这样的处境中，我一天天长大，告别了自己的童年。

短暂的学生时代

1989 年下半年，我以优异的成绩考上了离家有八里路之远的初中，每天兴高采烈地上学，认真读书，希望自己将来能够考上卫校，去当一名奋斗在救死扶伤前线的医生或护士。带着这份理想，我顺利地读完初一，成绩还算可以，主要因为自己也对学习比较上心。但是身体仍旧时好时坏，忍着病症直到初二下学期，我的身体实在坚持不下去了，肠胃病愈来愈严重，经常肚子胀气，或是拉肚子。在学校上课的时候偶尔也会呕吐一地，每天严格要求自己最多只能吃两餐，从没有在学校吃过中餐，因为吃了会胀气。在这样的情况下，身体骨瘦如柴，看着同龄的女同学一个个噌噌地往上长，成为亭亭玉立的大女孩，而我总是一副病怏怏的样子，心里实在不怎么好受。

妈妈看在眼里，急在心头。在卖掉几百斤稻谷后，决意凭借这些钱，让外婆带我去长沙看病。那时候大家都对长沙的动物园和世界之窗垂涎三尺，心想长大了有机会一定要去好好玩一玩，想不到我第一次去省城竟是为了看病。

到了医院，一开始，外婆挂号皮肤科，她认为呕吐、拉肚子这些症状的罪魁祸首是出于皮肤病。结果医生说："皮肤没有问题，这个要看内科。"来到内科教授专科，医生开了许多化验单让我们检查，我们只能谨遵医嘱。隔两天，结果出来，一切指标均显正常，最后医生建议我做胃镜检查。当时只有十五岁的我哪里知道胃镜检查是怎么一回事，做完后才知道如此痛苦。

最终结果出来，是一种叫做"慢性浅表性胃炎食道炎"的病，医生表示这没有什么大的问题，便开了一些药，要我以后多吃半流质容易消化的食物，回家好好调养。

回到家，妈妈买了一些婴儿食用的淮山米粉、牛奶、鸡蛋等，要我在家专心养病。"这一学期请假，等病好了下学期再去读。"她说话的语气不容置疑。为了自己的身体着想，我只好在家天天吃稀饭、喝牛奶，以此来调养身体。犹记得当时的我很想吃大米饭和荤素菜，眼看一旁的弟弟大快朵颐，也会馋得要命。

后来病情有所好转，身体好了些，但还没有痊愈，马上就要开学。当我又背上书包去读书时，病情慢慢地又开始发作，吃不下，还是会上吐下泻，整个人如林黛玉一般面容憔悴。勉强将第二学期读完后，我又被家人带去湘雅医院做了一个肠镜手术，将肠道里的一个息肉钳掉。即使这样，肠胃还是经常罢工，反复折腾，让人很是不舒服，觉得闹心。由于长期这样，我自己决定放弃学业：一天来回往返八公里路，早上天将亮时，抹黑在家吃一点炒饭就去学校，午休再在老师办公室泡一杯牛奶喝，晚上六点半才拖着疲倦的身体回家吃饭，这样下去，身体实在受不了。况且当时想着的是“留得青山在，不怕没柴烧”，只要我能健健康康地活在这个世上，以后做什么都还有的是机会。

我告别了自己的学生时代。生活对我来说好像并没有太大影响，有时在操坪上晒晒太阳、看看书，天气好，闲极无聊到村里瞎逛，天气不好就待在家里发呆。一天天的，时间随随便便就打发过去了。爸妈忙着在外面做些小本生意，哥哥高考落榜后在省城一家印刷厂工作，弟弟继续读书，而我则每天做家务——煮饭、洗衣、喂猪，并肩负起照顾弟弟的责任。渐渐地，我还跟婶娘、邻居们学会了打麻将，以此消磨时间。

隔壁邻居张爷爷很是关心我，有时问我为啥不去读书：“在农村，不读书将来还会有什么出息？”我只能回答说：“是我的身体原因，读不下去。”虽然表现出一副风轻云淡的模样，但其实我的内心早已打鼓，知道这是触碰不得的话题。要不是因为身体实在吃不消，读书对我来说是第一等重要的事。张爷爷也不再多说什么，只是一个劲地摇摇头，手背着手离开。在他看来，或许我一辈子也就这样了吧，农村人不读书，尤其是女孩子还未成年就在家“打下手”，这样的人自然被他们轻视。更何况我还体弱多病，不能帮扶家人不说，简直快要成为一个拖油瓶，内心着实煎熬。

没有目标的我，每天都过得浑浑噩噩，除了在家里做做家务，最频繁的娱乐活动也不过是和他们打牌，日子就这样不咸不淡地度过了两年。

有时候我在想，如果自己的体质好一点，或者中学离家里更近一些，那么很有可能会继续读书。当同龄人都背着书包、穿着打扮也愈发入时时，我却疏离了书本知识太久太久，那些原本记忆深刻的数学公式、华美篇章，以及即将接触的生物、化学，它们像是另一座星球上的自然界，等着我去发掘探险……可这些都不复存在，对于辍学在家务农的我来说，这些一下成为遥不可及的幻象，我的生命也第一次因为身体疾病的缘故做出了一次堪称损失严重的选择。

恶魔之疾初现端倪

1993 年 4 月，我的右脚脚底长出一个坨，白天还好，晚上一睡觉就痛。开始以为是长鸡眼，买鸡眼膏药贴，皮一层层脱，但还是痛。妈妈只好带我去益阳市中心医院，医生检查后告知：这是一个良性肿瘤，要一千元住院费，须把肿瘤彻底根除，再从大腿上置一块皮肤补上。当时一千元对于我们家来说，简直是一个天文数字（要卖掉几千斤稻谷），便让医生给我在肿瘤上打了一种叫“封闭”的针。回家后没多久又开始痛，妈妈又带我去打“封闭”针，打完针，我的心跳急速加快，头晕之后直接倒下，妈妈赶紧扶住我大叫“医生救命”。护士马上又给我打了一针，心跳才恢复平静。

后来，妈妈找到一个急诊手术的医生，医生让我们给他一点钱，承诺立马在手术室为我做手术。两个医生便只用了十五分钟左右的时间，急急忙忙、偷偷摸摸地将我的手术给做完。手术后，由于没有打消炎针，也没有清理干净，瘀血残留，痛了我两三天。这是我人生第一次手术，手术费给了两位医生四十元，他们嫌少了，但又怕别人知道，也就没再说什么。

时隔四个月后，瘤子又长了出来。妈妈这次又找益阳市中心医院一个熟人医生（隶属儿科），熟人说为我找了一个骨科医生，帮我把瘤子彻底清除干净。这次手术也是在急诊室做的，医生耗时半个多小时，痛得我哭了几个小时，因为医生怕麻醉药副作用大，只用了小剂量。我能明显感觉到医生用刀在切割我的肉，有一种钻心的痛，深入骨髓，直到打了消炎针才慢慢好些。这次手术可谓是削骨割肉，整个右脚都窄了许多。化验结果也出来了：良性间叶瘤。就这样，右脚让我做了两次手术。

来年，肠胃的毛病又开始发作，反反复复地呕吐、拉稀，人也因此很瘦，没有去过医院。上半年，爸妈做生意赚了一点钱，把那三间毛草房拆了，重新盖了一栋比较气派的楼房，他们天天忙着建房子，所以也没时间管我。下半年爸妈又出去做生意，我一个人依旧在家煮饭、喂猪，在读书的弟弟每天会回家吃晚饭，我仍旧这样浑浑噩噩地活着。记得有天我煮好晚饭，去上厕所，粪便呈黑色。搂起裤子，我心跳加快，没一点力气，头也昏沉，扶着墙壁一点点爬上楼，躺下，再也没有一点力气。

我就这样什么都没想地睡着。还好晚上妈妈心事沉沉地回了家，见我一声不吭躺在床上，脸色腊黄，全身虚弱，背起我就往村里诊所跑。诊所医生给我做了初步检查，判断我是内脏出了血，在给我打了止血针后，建议马上去大医院。第二天早上，妈妈用自行车推我去往镇上医院，打了点滴，医生还是建议我们去市里的大医院，“病情耽误不得”，接连两个医生都是这样说。于是我们便赶到益阳市中心医院，医生赶紧给我输血，当时他们说再不输血就会休克，查出病因是“食道下端溃疡出血”，这次又住院了二十天。

隔了两个月，病情复发，又得住院，妈妈打算带我去长沙更好的医院治疗。记得那次，父亲不同意给钱，他不太想给我治病了吧。本就重男轻女的他，每天在外忙得要死要活，回到家却见到自己的女儿如此“不争气”，内心定有数落。在得知妈妈铁了心也要为我花钱治病的想法后，他们又大吵了一架，尔后父亲将两千元往地上一扔，对着哭哭啼啼的妈妈说：“拿去，让你浪费！”妈妈便收起眼泪，将钱一张张捡起，还是执意带我去更好的医院。

我们到长沙一下车就被骗子盯上，她看我们母女穿着土里土气，心想我们是农村人，主动找我们搭话，问我们到哪去。“我女儿得了肠胃病，要去湘雅医院看病。”妈妈说。那看上去很热心、五十岁左右的女人便说：“我家里有一个亲戚，也是肠胃病，在一个医生那里只吃了几粒药就好了。哎，我看你们农村来的也可怜，要不我带你们去？”妈看这人这么好，感动得一边诉说我的病情一边抽泣不止，并感谢她肯带路。走了不远，迎面碰着一位中年妇女，热心女赶紧走上前去打招呼：“王医生，好久不见，我正要到你那里去，这孩子肠胃病治不好，我想带她们到你那里去看看，不知你还有没有那种特效药，能不能分她几粒？”只听那王医生说：“没多的，我这药很贵，三百元一粒，我现在正好去送给一位约好的朋友。”热心女又说：“王医生，你行行好，帮帮她们母女，都是可怜人。”站在一旁的妈妈遂上前握住那个人的手腕，哭着央求：“王医生，卖几粒给我们吧！”王医生便摆手，称：“不要哭，不要哭，我分几粒给你就是，你要几粒，三百元一粒！”而正当妈妈准备掏钱时，她迟疑了一下，突然拉着我就跑。一路上，妈妈告诉我，正当她准备拿钱时，脑海中突然冒出了一个念头：“她们是骗子。”这来得及时的灵光一闪避免了一场可怕的损失。

接着我们坐车来到省城小舅的家，晚上则睡在哥哥印刷厂的女寝室里，一路颠簸下来，实在是劳心伤神。女寝室没有独立卫生间，上厕所要到很远的公共厕所。半夜，我胃不舒服，只想呕吐，怕把寝室弄脏，于是叫醒妈妈陪我去趟厕所。才出厂门，吐了一大滩，由于天色漆黑，不知吐的是什么，只知道吐完舒服多了。

第二天早上，我们很早起床去医院，路过厂门，才看到昨晚吐的全是乌黑乌黑的血块。小舅请假带我们来到湘雅医院，医生说要交四千元住院费。但到了住院部没有床位，也没有那么多钱，只好开了一点药准备回家。妈和小舅走在前面，我没有一点力气，头晕晕的，差点往后倒下。妈妈看我没跟上，掉头一看，赶紧跑过来扶着我，背着我就往急诊室赶。医生赶紧给我输血，第二天又住进了省附一中医院，住了没几天，两千元用完便回家。就这样，正如爸说的那样，真的把两千元浪费了，病情没有得到控制，反而复发大出血。回到家，还是老样子，上吐下泻的情况依旧还在。

即便如此，我还是从未意识到“死亡”二字。直到有一天，一位村里的大婶问我：“你怕不怕死啊？”我回答她：“我怎么会死？”后来我才知道，这个大婶的女儿是身患白血病而死，很难受，她看我病成这样子，想从我口中探知她女儿当时的心态。还有一次，我无意中听到几个姑妈在计算奶奶有多少后代，当她们说到我家有三个兄弟姐妹时，大姑当场表示：“这女儿还不知能活多久，不能算数。”听后那一刻我哭了，第一次感到死亡离我如此之近，令人恐惧。但我那永不放弃的母亲在 4 月份又找熟人让我住进了益阳市中心医院的胸腔科，因为妈妈听爸爸说这是胃出血，只有动了手术把溃疡切掉才会好。这一次是爸妈一同陪我做的手术，手术前医生给我鼻孔插胃管，我一边哭一边呕吐，在一旁的妈妈给我擦鼻涕、口水，一旁的老爸却怒吼道：“老子都在陪着你，你还哭？”我便赶紧擦干眼泪，被医生推进手术室。四个多小时后，我被推出手术室，听到爸妈在叫我的名字，我用尽全力睁开眼睛，看到父亲含着眼泪在喊我的乳名，直到这一刻我才知道，原来父亲也是关爱我的。虽然我的眼睛再没有力气睁开，但意识却清楚，我听到同病房的人在议论：“这个女孩能熬过今晚就会没事，但看她这样，只怕有点困难。”

麻醉过后，我发出微弱的呻吟：“背好痛！”妈很心疼地说：“敏崽，背怎么会痛，不是做的胃部手术吗？”旁边一位病人连忙解释：“她这是切掉了一根肋骨，打开胸腔，再切除一段食道，这是大手术呢！”我们这才恍然大悟。术后，也不知道什么原因，一个星期都是上午发高烧，用冰袋降温，下午发寒战，盖两床被子都冷。同病房的人说我可能是术后感染，因为这是胸腔外科第一次做食道溃疡手术。这之后，我的鼻子里继续插着引流管，嘴里也插了管子，十天没吃没喝。后来把各种管子拔掉，身体才慢慢地恢复，出院也得谨遵医嘱，辛辣、冰凉的食物不大敢碰。

抑郁笼罩下的花季

从那以后，食道确实再也没有出过血，但还是有时不消化，肚子胀气，有时是拉稀，仍旧面如菜色。

父亲算是彻底对我失去了希望，曾跟母亲传达指令，要我的床与弟弟睡的床交换一下。

“一来，让老三好生读书，二来，免得惹上晦气。”在饭桌上，他这样说。母亲则在灶前张罗饭菜，并没搭理他。

“你看她，在家待了两年多，没工作就算了，还总是闹病。你说说，大大小小生病多少回了，上次那两千块就让你打了水漂，可这不是长久的事，总该有个尽头吧？”饭菜冒着热气被端上来，他起身找酒，心情稍微好了些，语气没再那么坚硬。

母亲忙活完，开始盛饭，这才开口说话："别说了，孩子们要来吃饭了。"

因为弟弟睡的小床又旧又烂，又正值长个子的阶段，而我睡的则是多年前父母请当地木匠做的雕花大床，漂亮又舒适。当时父亲两相权衡，觉得划不来，有所私心，能够理解。

"这样，她死了，就把那张烂床烧掉。"他还如此总结。

母亲没听他的，她认为我不会死，这个坐在他面前抿酒、扒拉着饭菜的男人不过是说的一时气话。在她看来，父亲的狠心也是出于现实的考量。只是当时我的情况确实糟糕，同龄女孩十八九岁的，都处于花样年华，有的在轰轰烈烈地谈恋爱，有的打工赚钱后把自己打扮得漂漂亮亮，还有的为了自己的前程不断学习，唯独我，只能成为左邻右舍茶余饭后的笑话。他们根据每个人的现状分析各自的未来，到了我这里只能卡壳。别说是他们，就连我自己都不知道接下来要做些什么。

记忆深刻的是 1996 年的春节，人们欢度新年，我家也像往年一样，贴对联、放鞭炮，母亲也买了些过年的年货。以前我最喜欢过年，但那一年的春节却寡淡无味，就像饕餮者一下失去了味觉。

我对这世界失去了信心，每天坐在烤火炉上发呆，想着自己这样活着是没有一点意义了，想着这么多年一直是家里的拖累、负担，觉得别人都过得潇洒快乐，唯独我郁郁寡欢。我一个人躺在床上，睡也睡不着，精神恍惚，不愿与任何人说话。生活对我来说，一下子没了丝毫乐趣，每天所经历的，无非只会让自己感到无趣。

我满脑子想的是怎样自杀——喝农药，太难闻，怕是喝不下，听说死相也很惨；吊颈，但家里刚建的新房子，以后哥哥怎么找对象？别人只要一听，这家吊死了一个妹妹，还有谁会愿意嫁过来？自沉鱼塘，又担心哥哥以后结婚会对生孩子有影响；最后想着还是跳楼来得快，对面一家新建的三层楼，要是从楼顶跳下来，肯定死得快。然而转念一想，别人好不容易建一栋新楼，你却死在别人家，你死了别人都会恨死你及你这个家庭，这个方法也不行。我就在这样的自相矛盾中，极度绝望地度过一天又一天。

对我来说，那些张灯结彩全部是为别人准备的，他们的快乐建立在俗世生活中的一砖一瓦上，那是因为他们内心充满了希望。而我呢，前途未卜，身体有恙，与他们相比，没有一点拿得出手，他们原本和我在同一起跑线上，现在却把我甩在身后，一个个都在飞奔向前。这样没有终点的日子，我不知道还有多久……

熬了半个月，春节过后，一家中医诊所在村里正式开诊。我带着疲倦不堪的身子来到诊所，成为对方的“开张大吉”。医生为我把脉后，又做了些基本的望闻问切，虽然看出了我的郁郁寡欢，但也并没有说太多，只是开了些药丸，并嘱咐我：

“不要想太多，吃了药会好的。”我拿着药丸将信将疑，心情不好、情绪低落靠吃药也能治愈？又不敢再跟家里人说，一个人偷偷摸摸拿了药后，开始服用。

但吃完后正如医生所说，抑郁的症结居然一天天消失不见了。后来在报纸上才了解到，我当时所患的应该是抑郁症，那位医生给我的药丸应该是抗抑郁类的药丸。

就这样，抑郁症慢慢痊愈，即使后来有时也会莫名烦躁，我也会告诉自己，不好的心情会过去的，每当我这样想的时候，负面情绪也会随之消失。

总体上来看，1996 年这一年还是和以往一样大同小异，虽然食道再没出过问题，但还是吃不了很多，脾胃虚弱、消化不良，还是偶尔会上吐下泻。就是拖着这样的身子，漫无目的地度过每一天，我不知道这样的日子还要过多久，希望之光何时能照耀于我。在本该绽放出最美好的花季时光里，却因为自己的糟糕境遇被抑郁症笼罩,甚至连自杀这样的念头也已成形，或多或少让我感到后怕。更可怕的是，那时的我也只是将这些想法埋在心底，根本不敢同任何人说起，一想到要面对强势的父亲，为我操碎了心的母亲，还有各自为了前程恣意生长的兄弟、好友，更觉得自己一个人理应承担这些。

自杀未遂

1996 年的农历十二月十八日，因哥哥要结婚，嫂子提出要在长沙开店谋生。母亲为了哥哥的婚姻能成，真在哥哥上班的附近开了一家煲仔饭店。等高中的弟弟一放寒假，我便和他一起来到长沙帮忙。

店面很快张罗好，刚开始营业，只有几个人吃饭，天气又冷，我整天围着煤火炉坐着，无精打采，心想不管怎样都要为家里多做些事。开业后七天，饭店生意不怎么好，母亲自制的一桶槟榔倒卖了两千多块，一个季度的房租就这样赚了回来，所以一家人心满意足地折回益阳老家过年。

正月初四，我们一家就返回长沙继续营业。正值春节，街上没有多少人，更别提生意，只有一些在家打牌的人偶尔要我们去送盒饭。

后来，饭店生意越来越好，我每天 6 点半起床去买菜，还请了两个服务员洗碗、洗菜，加上嫂子也在一起，爸和哥炒菜，妈煮砂锅饭，生意好时一天有近百人来店里吃饭。每人一钵砂锅饭、一碟荤菜、一碟小菜，都要现炒，每天忙得像打仗一样。而我的工作是买菜、择菜、招待食客，再负责点菜，然后安排爸和哥炒菜，之后安排服务员送菜，最后收钱。每日财务都归我管，到银行存钱也都是我一个人。隔壁邻舍因此笑说我是店里的董事长，父母则是经理。

1997—1998 年这两年，天天早起晚睡，干的都是同样的活，累却踏实，从没去过任何地方，也只有过年时才能休息几天。这样天天忙着，身体居然一天天好起来。虽然每天做着同样的事情，觉得无聊，但也还算充实。

1999 年，趁着春节放假，哥哥嫂子办了结婚典礼。

当时的我长胖到八十六斤，肠胃、食道吞咽方面也都好了许多，这时亲戚朋友相聚一起就会谈论，等哥哥的婚事办完，小妹也可以找对象出嫁了。

其实当时有人找我爸说媒，说是一个经常在店里吃饭的男生看上了我，可我爸直接回绝：“我女儿身体有病，不适合找对象，不想害了别人。”

当时父亲只知道我身体不好，经常生病，根本不知道我右手臂上端还有一个更可怕的存在，当时只有我和妈妈知道，它长在身上三年多，不疼不痒。

记得有一次，我去店里迟了些，父亲喝了酒，对我破口大骂，将我彻底骂清醒。我问自己，这样漫无目的地生活，每天忙得手忙脚乱，到底为了什么？每天累得要死，这个一家之主还是说我在吃他的闲饭。在他看来，我只是他的一件附属品。我心想，等自己右手臂这个坨治好就去开家服装店，不再干这又脏又累的盒饭生意，我要过属于自己的生活。

于是，同年 4 月我再次来到省肿瘤医院，准备动手术把这右手上的麻烦切掉。但医生看后却直摇头，说：“你来迟了，为什么不早点来？”

又让我去拍片，拍片的医生也叹息：“你多灾多难啊！”

主任医生看到结果后，问：“你结婚了吗？”

我说：“没有。”

“那要你的父母来。”

我回答说：“为什么要他们来？他们很忙，你告诉我就是，我应付得来。”

他最后才告诉我说：“你这不是一般的手术，右手要截肢，已经没法保住了，你怎么不早点来看？”

那一刻我只有沉默，绝望的情绪再次蔓延，让人窒息。回到家，我偷偷跟妈说了一下情况，我要她就当没有生我这个女儿："我不治了，直接去死。"

妈也不知所措地安慰我："明天我再带你去医院，看医生具体怎么说。"

第二天又来到肿瘤医院，医生跟妈说："她右手上端是一个肿瘤，很有可能要截肢，现在已经没有办法保肢了，并且先要做活检，看是什么性质。"

听后，娘俩带着绝望的心情回到家。第三天，又去湘雅医院找一个骨科医生做了活检。一个星期后，我带着非常复杂的心情拿到"高分化软骨肉瘤"这一结果，我不知这是良性还是恶性，问了一个医生，他说这是恶性，只有截肢才可以保命。

接连被几家医院告知同一个结果，心中再无侥幸。在回家的路上，想到自己从小到大，这么多年的疾病，早已成为家里的累赘，想到这些给我带来的痛苦，再也没有一个意念支撑我继续活下去，满脑子只有一个想法：赶紧去死，一了百了。

于是，回到住处再也没回店里，每天想着用各种方法结束自己的生命，觉得整个世界一片黑暗，如果地下打开一道缝，让我跳下去又悄无声息地合上，那该多好。如果身前是一涛江水，在杳无人烟的地方溺水，不留下丝毫痕迹，那该多简单。

我写好遗书，在 5 月 9 日下午 5 点准时出门，来到湘江一桥，准备在无人时跳入湘江。我的手机、钥匙和钱包都放在哥哥的出租房里，只在很小的密封塑料袋中放入一百元，塞了张纸条，上面写着："我是一个自杀的罪人，麻烦发现我尸体的人，挖一个坑将我埋掉，这一百元送给你，谢谢。"然后，密封袋被我塞进袜子里，露出开口，这样就不会被水浸湿。

我认为自己想得非常周到，万无一失；家人定会照着遗书上所写的那样去做："就当你们丢了一只鸡、一只鸭，不要寻找。"

就这样，没有一滴眼泪，直奔湘江边。

这一天，人格外多，我从桥东走到桥西，又从桥西走到桥东，这样来回往返，寻找下水的机会。我不想被人发现，跳下去又被救上来，那太难堪。

人非常多，没办法，我只能从桥上走到桥下。这样东寻西觅一直到晚上 10 点，人群才开始逐渐散去。眼见周围没人，我顾不得卷起裤脚，准备下水。

一条小船从舱内冒出一个头，厉声咳嗽了两下，我被吓得收回了脚，便佯装路过桥下一个零食铺，摊位上摆着收费的公用电话，两位吃夜宵的壮汉此刻喝得醉醺醺，其中一个嚷嚷着说："老板，有人要打电话！"

一个老头便从铺内蹒跚走出，问我："你打电话？"

我先是一愣，碍于情面，还是走向了电话。

只记得那个熟悉的号码。接电话的是父亲，没想到一直对我漠不关心的他在电话里声音沙哑，只是一个劲地问我在哪，要我快点回家，哥会过来接我。

听到这些，我终究还是哭了，只问妈妈去了哪里。

“她发动在长沙的亲朋好友，四处找你，现在还没回家。”

挂了电话，卷起打湿至小腿部位的裤脚，我直奔回家的路，一路上，只是哭，再没任何顾虑。

笃定信仰，执笔为记

从那以后，我放弃了自杀，也拒绝配合一切治疗手段，医生开的一千多元的“消癌平”被我全部扔掉。我想既然没有办法保肢，吃药又有什么用？那些天我也不出门，家里的生意由着他们打理，想着既然这样，还不如一天天得过且过。于是趁着右手还在自己的肩膀，跑了一些地方。以前那些想要去游玩的地方，赌气般一遍遍游览——去太平街，吃甜腻的糖油粑粑；去南门口，买一些便宜又好看的衣服；去动物园，看开屏的孔雀和在沙砾里洗澡的大象；去各大公园，看山是山，看水是水。散漫的人们拖着脚步沐浴在夕阳下，像是路过这座城市的异乡客。我铆足了劲用自己的耳鼻手足测量城市的温度，尔后用力向这座熟悉而陌生的城市告别。还有什么无奈是以离别作为相逢，又有什么悲伤是以快乐作为告别的呢？便是这样，这段时间过得忤逆而幸福。

后来经过家人一致同意，被宣告最好再去一趟北京。于是妈妈收拾好行李，连夜带我来到了解放军三〇七医院。检查结果一如既往。我被安排住院七天，这之后，医院主任下最后通牒，只能截肢，否则命不保矣。并告知我们，一旦决定，第二天就可以做截肢手术。但我不同意，死活就是不答应。

妈妈打电话回家，寻求家人帮助，哥哥说：“医生怎么说就听医生的。”老爸只让妈去问医生是不是癌症，如果是就不治。妈妈就如实去问，军医很委婉地表示：“这是一种恶性肿瘤，不截肢怕恶化，现在截肢了不会有多大问题。”还劝妈说，“保命要紧”。那老医生始终没说是癌症，只说是恶性肿瘤。这样无形中宽慰了我的父母，他们认为只要医生没说是癌症，恶性肿瘤可能就没多大问题，殊不知恶性肿瘤其实就是癌症。

究其根本，我无法接纳一个没有右手的自己。从北京悻悻然回到长沙，妈妈托小舅找人帮我联系湖南省肿瘤医院的住院床位，但我还是不配合，并拒绝了好心人推荐的各种治疗手法，如肢体深度按摩、中药排毒疗法等。我唯一的希望寄托在祷告词里。于是我开始封闭自己，不同任何人说话，每个礼拜天去教堂祈祷、认罪忏悔，请求宽恕。在那些自相矛盾的日子里，夜晚做梦甚至都幻化出拥有超能力的外星人，消灭我的病症，保留我的生命，让我足以平凡自在地生活，可是一觉醒来，那些不愿承认的事实还是需要面对，不知如何是好。

家人也不敢强势干预我什么，毕竟在他们看来，我可是个自杀未遂者。这让我一下有了特权。我不再像以前那样不要命地忙活生意，只在中午店里忙得不可开交时打打杂，在回出租屋的路上买一些零食，写写日记，把自己的烦恼一股脑地涂写在里面。我不再出门与人交流，每个星期天定期去教堂祷告、忏悔。

农历十一月十一日，我迎来了自己的二十四岁生日，我的本命年便是在这样的彷徨中到来。在那本伤痕累累的日记本上，我写下：

过完今天，不知还能不能再有下一个生日。都说本命年难熬，大部分人的运气都不太好，对我来说，又何尝不是？在生命中本该最璀璨绽放的年龄，却要遭受癌症的恐吓，想想都觉得心灰意冷。不过，我要用我的绝望抵抗失望，用我的信仰战胜病魔。如果可以，这将是对我最宽恕的见证。

很快，跨世纪的 2000 年到来，这一年，带着这样的顽疾，我的心情时好时坏。心情好时，不想离开这个美丽的世界，多想好好活下去享受生活的乐趣；心情不好时，眼泪便旁若无人地流。有时流连城市里的广场、商场、花园，有时则一个人躲在被窝里啜泣；有时甚至抬头仰望星空，直问老天：我这样死也没死、活也没活好的日子，到底还有多久？我不甘心就这样死去，尚且年轻，还没体验人世间的种种美好，尤其是令人期待、憧憬的爱情。为此，我在心里同老天爷签下两个赌约：第一，如果我中了三百万，就同意手术，之后带着钱去一个陌生的城市生活；第二，如果有一个男人喜欢我，愿意接纳一个残疾的我，我也同意做手术。但睁开眼，我就马上笑话自己：一来，我从没买过彩票，何来三百万之说？二来，现在手上的肿瘤已经肿如堡垒，又有哪个男人会看上这样的怪物？

带着这样的白日梦，从 1999 年 4 月发现身患“高分化软骨肉瘤”这个病症，到 2001 年 4 月，整整两年时间，我都处于一种等死的状态，虽没有像医生说的“动手术也活不了三个月”，但也没将自己活得有多好。

值得一提的是，这两年，我养成了写日记的好习惯，心里那些阴暗的苦涩，时常诉诸笔下。平日里，那些来自生活中的细枝末节被我的圆珠笔牢牢“抓拍”，再将自己内心的真实感受写下。不得不说，这是宣泄情绪的一种方式，以这样的方式，我的日记由先前的草稿纸、黑色习题本，再到塑料笔记本，一本本换下来，字迹密密麻麻，倾诉的家常碎语不断，总感觉有说不完的话。情绪不稳定发泄一通后，转头又抄写经文，内心的动荡不安也就平复了些。

火车上的偶遇

千禧年 10 月份，在部队当兵的弟弟无意中于军报上看到一个消息：西安解放军唐都医院特别针对各种疑难骨质肿瘤，拥有保肢医术，在全国颇有权威。弟弟看到这个消息，堪比中了大奖，紧接着就把那张报纸剪下邮寄回来，并来电嘱咐一定要我前去一探。当时的我，哀莫大于心死，对这则消息也就根本没当回事，心想北京最权威的医院也不能保肢，西安的医院还有办法医治？不管弟弟、妈妈怎么劝说，依旧无动于衷，权当耳边风。

第二年 4 月中旬，复活节来临，拗不过家人，最终我选在这天前往西安唐都医院，旨在完成一次自我救赎。另外，我的脖子上又无故长出一颗蚕豆大、滚得动的红坨，不知是否有并发症。借此机会，我下定决心去西安看看，如果能治好，即是万幸；如果不能治疗，种种病症叠加一起，还不如死了好！

于是，我早早买好一张当晚的火车票，准备只身一人前去唐都医院。我吃过饭，带上一套换洗衣物，刚跟妈妈说了一声再见，却被她拦住——没想到，忙了一天连饭都没顾得上吃的母亲，扯出一个布袋，顺手拿一盒饭就跟着我走。可能经历上次自杀事件，她害怕我重蹈覆辙。

等到正点，火车驶入，不知怎么的，站台那么多人，有人甚至从窗户爬进去，整节火车连同过道、车门旁都是人，母亲使劲推我进到火车门旁，可她还没挤进来。这时列车员喊话："挤不上去的，请坐下一趟。"我便跳下火车。而她还在埋怨："上去了还下来干什么？"她认为去看病就是要一帆风顺才好。

于是，我和她又回到候车室，等下一趟火车，不然只能回家，第二天再来。刚坐下不久，一位士官军人来到我们身边，顺便问我们是去哪里。妈说："我们去西安。"那军人便很友善地表示："待会跟我一起去军人候车室优先候车，等会就说你们是我亲戚。"

总算上了火车。我找了一个座位坐下，妈也找了一个座位坐好，这时已是深夜。我准备眯眼休息，这时军人要我坐他的座位，我看了一眼，他那已经坐满，就说："我坐这里就是，你去坐吧！”他回答说：“等会有人要下车，你就坐过来，好吗？”我应允了。

睡了一会儿，我看妈也睡着了，怕她身上带着钱不安全，索性不睡。这时他见我醒，就过来叫我坐他那去，我不好意思拒绝，只好跟着他走。然而他说的那个人还没有下车，我心里直嘀咕：这人真有意思，要我来坐哪啊？他似乎看懂了我的心思，不好意思地说：“你坐我这里，他这站就下车，我站一会，没关系！”我就恭敬不如从命，坐下了。一会儿那个人下车后，他连忙叫我坐窗户旁，说是窗户旁天亮可以看风景。听他这句话，一下觉得这个军人还颇有些风度。由于夜深，人很疲倦，我靠着窗户睡着了。当我醒来，身上不知何时盖着一件军衣，拿起衣服，放眼望去，只见那位军人没穿外套，扶着座位在睡觉。

不知不觉天已亮，由于我和妈走得急，什么吃的东西都没带。这时，这位军人拿出他随身带的食物，将一个最大的面包拿给妈吃，又与我同吃一个，他撕下来，递给我，我不好意思吃。“不要见外，吃吧！”他又说。第一次吃到这样的面包，不知有多美味（后来，再吃过许多面包，都没这个味道）。吃完面包，他拧开一瓶雪碧，放入吸管，双手端着给我。

我不好推托，只好吸啜一小口。没想到他二话不说接过去，就用这根吸管喝汽水！我有点不知所措，他怎么直接拿过去就吸，一点都不嫌弃？这样的画面对我来说，只可能在电视剧里才会出现。

在火车上的一天时间足够我们熟络起来，才得知他是一位在新疆当兵的士官，三年回一趟邵阳老家，这次休息了一个月又得返程。我还知道他比我小三岁，我告诉他有个同龄弟弟也在当兵，所以彼此聊得更开。

不知不觉就到了西安火车站，由于他的发车时间要到第二天 8 点，而我们去医院也要第二天才有车，索性就一起入住西安火车站的一个宾馆。第二天很早他就来敲门，吃完早餐，他又抢先付了钱。

在饭桌上，他问我："你会给我写信吗？"我当时想，写什么信？接着他又找我要地址，说是会给我写信。我便把哥哥印刷厂的地址告诉了他。

就这样，我们相识一天，就此分别。

虽然我的直觉告诉我，这位军官很可能喜欢我，但由于这个痨病的存在，一直让我的心情难以舒畅，我的那些紧锁的愁眉，并没有真正为谁打开。并且我清楚地知道，即使我对他越来越有好感，但也不敢再有任何非分之想。我知道自己的身体情况，我是一个绝对理性的人。

我的右手没了

来到医院，我最关心的是医生能否保住我的右手。一系列检查做完，只等星期一从美国回来的博士后导师范教授来做决定。在这几天等待的间隙，那位军官回到了新疆部队，并第一时间给我打了电话问好。而我情绪异常烦躁，不知和他说什么好。然而他依旧每天会给我打电话，还给我写了信，要我收到信后给他回信。我一面应允，一面焦急地等待医嘱。直到见到范教授，得知我这右手只有截肢，不然肿瘤还会继续长大，到时仍得截肢。

“现在医术先进，手指头缺陷之类可以长出来，还能安装义肢。截肢吧，明天就给你做手术。”他说。

几经周折，结果还是这样，还能怎样呢？我不得不接受这个手术。

但那一天来得如此痛苦！母亲一直用她伟大的母爱支撑着我，让我有勇气活下去。当然，还有那未成形的爱情给了我无穷的力量。二十五年，一直都留着长发的我，这回不得不将头发剪掉。那晚，我用最后的右手写下当时的心情：

过了今天，也许再不能写日记，再不能将自己的感受写出来了。这本漂亮的笔记本，目前只写了一半，虽然写的都是伤心事，但从今天起，连伤心事都没资格写了。昨天我还在想，以后要是能写封回信给他，那该多好，但现在想来，也许只能是妄想。我的右手，我能干活的右手，我能写字的右手，我能挣钱的右手，明天就要没了。过完今天，我将要改变自己的一切正常生活。

刚才麻醉师事先通知我妈，在手术台上可能出现危险。我现在的心情是恨不能亲手杀死自己，但我没有勇气，我真想明天在手术台上解决一切痛苦，安祥地离去。如果没有治疗的希望，我不想再连累家人，就让我心爱的妈妈痛苦这一回。我会在天堂为她祈祷，让她晚年幸福、身体健康。

就这样，我的整个右手连同胳膊都被截掉，残肢还被妈花费二十元拿去火葬场烧毁。历经四个多小时的手术，等我醒来后，看到整个右臂都没了，只有一大块白色的纱布裹缠，我哭得肝肠寸断，那种肉体与心灵的双重痛苦无法言表。

手术后第一个星期，处于生理恢复期。每天躺在病床上，报废机器般伸手、抬手、打针、消炎，接受康复治疗。可怜的妈妈忙里忙外，既要照顾我的日常起居，还得强颜欢笑为家人报平安，言必称一切都好。我好像一夜之间长大，为了不让妈妈再过多伤心，白天不敢表露太多情绪，一到夜晚就失眠，对着空荡荡的天花板发呆、流眼泪。我琢磨着，从小到大，因为疾病，与医院产生不情不愿的纠葛太多，在这里感受到的失意实在频繁。未来充满变数，而我又年过本命，之前的日子于我而言，不过是在马不停蹄地赶路，渴望追随大众的步伐，一同品尝酸甜苦辣，可何时才有资格？

手术后两周，身体渐渐恢复，肠胃也比之前好多了。开始尝试下床走路，与同病室的人做些日常交流，偶尔还在傍晚时分去楼下溜达几圈。只是没有勇气面对镜子，自从手术之后，还没有好好从镜子里看一看自己。我知道一时半会还难以接受镜子里的画面，从今以后，我将背负“残疾人”这个名词度过余生。我将有别于常人，无论身体、心理还是未来的人生之路，都会因此改写。而这一切，在这一场手术过后的半个月里，显然不能坦然承受。针线缝补的是残肢，我的内心，只能由时间缝补。

术后第三周，身体基本恢复，除了肠胃病偶尔来犯，其他指标一切正常。临出院前，妈妈压抑了这些天的情绪终于还是绷不住，在我面前哭了。擦干眼泪，她又笑着问我想不想去看看秦始皇兵马俑、大雁塔，说："就当咱来这旅游了一次。"说完，她以一种无法理解的微笑看着我，等着我的答复。我看了一眼空荡荡的右手臂，欲言又止："还是算了吧。"我又何尝不想凑热闹看那些名胜古迹。想着之前身为四肢健全的人，没有珍惜机会拥抱大自然、热爱生活，现在身体有了缺陷，心情一落千丈，是再不能随心所欲感受常人的温情了。

在这医院的二十余天，除了远在异地的哥哥、弟弟纷纷来电问候我，还有一个人给我们娘俩带来了无形的帮助与鼓励，燃起了我们对生活的希望，于我，更对甜蜜的爱情充满了向往——那位在新疆当兵的年轻士官。

他真的就像我日思夜想的那样完美，是天使下凡，慰藉于我。他每天会给我打电话、发信息鼓励并安慰我，我在西安住院恢复期，他就写了两封信寄到长沙。这种一见钟情的桥段，好像只有在琼瑶的电视剧里出现，却被我遇见。虽然这一切的一切不过起源于火车上的相逢，相处也不过一两日，但是心里的期待早已发出嫩芽，或许这一切都是命中注定，感情在这样的年纪、这样的紧要关头悄然降临，如及时雨，如雪中炭。

出院后，我和母亲返回长沙，一路上，心里的煎熬难以言表，唯一还能宽慰我的，就是这段还没开始的恋情。我无数次告诉自己：它是一盏航明灯，有望将你点亮。

初恋这件大事

回到长沙，我迫不及待地打开他早已寄过来的信。第一封信是这样写的：

思念的李姐：

收信愉快！

不知我这样一厢情愿地称呼你是否点头答应，或认我这当兵的傻弟弟呢？

自从与你在长沙火车站相识以后，我感到自己心中的偶像出现啦！这种难得相识的缘分好像是上天早就安排好的。初次与你相遇相识在一起交谈，难免有点腼腆，给你的形象可能不是很理想。我这个人很坦诚，不喜欢拐弯抹角，说没有边际的话。从我们的谈话中了解到，你仍是独身居住，如果你不嫌弃我的话，我斗胆地冒昧问一句：让我做你的男朋友好吗？李姐你可以先通信了解我之后，再作回答。我等待你给我的佳讯。

祝你身体健康，青春永驻！

生意兴隆，财源广进！

如果信得过我的话能否给我邮寄一张照片？这个不情之请能否让我满足？切记速回信，守候佳音！

2001 年 4 月 21 日

他的来信，给了我无比的安慰。早在西安住院的那些日子里，我就归心似箭。自火车站一别，已有一月。不能说对他没有好感，但我在感情方面依旧是一个小心翼翼的明白人，深感不配。火车上的相逢，留给他的，是我残缺前最后的光景。自此一别，右手手臂不在，每日形销骨立，憔悴得不成样子，怕是再难对应得上他脑海中的那个女子。一方面，我是多么渴望开始一段轰轰烈烈的爱情，另一方面，出于现实考量又实在难以接纳这样的自己。

于是写了信回绝他。

阿亮：

你好！

来信收到，看后心情非常激动，没想到你会把我描述得那么完美，真是谬赞。不过，真心谢谢你的夸奖与赞美。

你在信中提到的照片，给你寄过去了，希望能做永久的留念。至于能不能做男朋友，给你的答案是“不行”，我不配出演“女朋友”这个神圣的角色，你比我小，你只能叫我姐。我认为我们在电话中各自称呼名字比较合适，在书信中用姐弟比较亲昵。在书信中能够成为最好的知心朋友，你可以把你的梦想与未来，生活中的点点滴滴说给我这个与你有过一面之缘的姐姐听。

我们命中注定以这样的方式相识，虽不知能维持多久，但我希望是天长地久。

李敏敬呈

2001年5月

接着我将去西安治病的情况与自己的身体状况告诉了他，但没胆量告诉他我已经截肢。也许是出于我的自私，怕失去这位刚认识的异性朋友，也许是对爱情的向往，心存侥幸。总之我只拒绝做他女朋友的邀请，并没有断绝与他的联系。没想到在以后的书信中，他时不时提到希望能够成为我的男朋友，而我能做的，只能是在书信中一而再再而三地回绝他，这种矛盾的心情折磨着我，但在内心深处，我知道是因为他，才有了长久的精神支柱，才有了前行的动力。

正因为要与他通信，截肢手术后的第六天，我就开始用左手练字。妈妈见我每天忙乎得煞有介事，似乎也放心了一些，对于那位她曾有过一面之缘的军官，她也赞赏有加，算是默许了我同他的书信来往。私底下，妈妈偶尔还会拿他调侃我，目的是让我心里有个盼头，当然，也希望能够促成这段姻缘。

字写得好了，书信来往也就更加频繁，只要收到他的来信，我就无比高兴。日久生情，我越是拒绝他，他越是锲而不舍。后来我觉得是时候告诉他实情，不想让他和自己都陷入这段感情的旋涡中。于是写了一封很长的书信，告诉他我已经截肢，变成了残疾人，所以自觉不配成为他的女朋友。我还要他对我死心，称以后能做普通朋友就已知足。这是一次釜底抽薪，至少在我看来，成败在此一举。

在惴惴不安的期盼中，我终于收到他的来信，没想到他在信里更加坚定地说出那番令我感动到眩晕的话，他说：

我爱你拥有一颗纯洁善良的心灵，即使你没有了右手，我也愿成为你的右手，搀扶着你前行。

当我看到他对我的爱是如此炽烈时，我毅然放下自己内心的自卑，坦然接纳他对我的爱，由此确定了恋爱关系。

那一天，在自己藏了无数小秘密的日记本上，我终于浓墨重彩地写上了八个大字：

从此，我李敏恋爱了！

那是我那么多年来，鲜有地发自内心的喜悦与骄傲。

无疾而终的初恋

对于我来说，这简直像是梦一场，像是身在一个美丽的童话故事里，我是那个被王子爱上的灰姑娘。我们鸿雁传书，在一封封书信中传达自己的爱眷和思念。没过多久，我们各自成为对方心灵的依靠。他在遥远的新疆日夜守护祖国的边疆，五年才能返回老家一次。在那浩瀚无垠的他乡，我想他该是多么的孤独和空乏，我的每一封书信无疑给了他精神上的支撑和力量，而我又何尝不是得到了他无穷的爱与心灵上的慰藉。在此期间,每天我都会加倍努力地练字,看更多的书,等候他的回信。

因此，虽然失去了一只右手，化疗也将我的隽秀长发全部“吃光”，然而因为心中有了那份对爱的期盼，每天仍旧欢欣鼓舞。只是再次回到长沙，不再轻易走出家门，始终觉得没有脸面见人，害怕别人笑话我的光头和身体上的残障。我将自己关在一间八平方米的出租房，准备待个五年时间再重返人间。我像是给自己判刑的牢改犯，又似蛰居的冬眠动物，不知何时才能刑满释放，一梦大醒。

与他的交往更加密切后，他将我和他的故事原原本本地告诉了他的父母，以此试探家命。他的父母竟是同意我们交往，没有过多干预。这让我一颗悬着的心放下，一下少了许多后顾之忧。我甚至一度觉得自己也许是一个折翼天使，仅剩的羽翼也能助我飞驰。在书信中，我们爱得更加如痴如醉，彼此认定对方就是心目中的眷情归属。

2002 年 12 月底，眼看他快要退役归来，算下来，我在自己圈定的囚牢里坚守了整整二十个月。为了迎接他的到来，我在 10 月份去上海装了义肢，逐渐走出家门。可我依旧只是一个笨拙的机器人，在为自己的新生不断辗转练习。

他到达长沙的那天，天气好得有些过分。我精心装扮一番，早早来到车站迎接他。久未谋面的书信恋人，陡然相见却并没想象中的那般炽烈。我和他走在路上，有一搭没一搭地说着话。我试图靠近他，却发现我们的身体始终保持着一段距离。想不到在现实中我们竟能如此生疏。我仿佛看到一栋爱情大厦在轰然崩塌。他反复问我的却是以后打算做什么，说话的时候却没有看着我，像是在垂问一吨空气。我便如实说，现在才走出来没多久，还不知道以后能做什么。他也就不再多问，又转移了话题。

我陪他游玩长沙，岳麓山、南门口、太平街、天心阁、烈士公园、植物园、南郊公园……因近年关，人们的脸上都挂满了热闹，我感到自己像是厌倦了本职工作的导游，又似苦心孤诣的监护人，带领他在这个逼仄的中部城市走马观花，内心却早已将构建数年的童话城堡亲自砸碎。我无数次告诫自己：灰姑娘毕竟丢的只是一只鞋，而不是一整只手臂。

终于，他提出辞呈。回到家，起初还能接到他孤星般的电话，内容平淡如白开。后来再没音讯，那颗孤星都被黑夜吞噬了。我尝试打过电话，没人接听，也不占线，最后一次他接到电话，只是一个劲地向我道歉："对不起，只能分手。我在老家找了一个女孩，年后出去打工。"

挂了电话，我如释重负，仿佛久等了这一道圣旨，目睹这段关系的腰斩。

所以虽然自己经历了这般痛苦的失恋，但心知只要身体无恙，就是最大的安福。当然，两年来鸿雁传书式的感情，不是说断就能断的。有时还是会不自觉地想到他对我的诺言，对我的好，这时依然还好感激他。借由他，我才能走出人生最黑暗的时期。有时又会想到他的绝情，多少有些恨他，埋怨他的始乱终弃，更埋怨自己不能给他带来好的未来。就这样，我用更多强制的理性和一文不值的时间来冲淡这一切。

为了忘掉刻骨铭心的这段，我还跟身边的姊妹一同参加各种聚会活动。

有一次聚完会回家，同行的姊妹见我义肢惯用自如，便好心关注我的未来，推荐我就读神学院校。后来经过家人的同意，我来到一所两年制的专科神学院。

刚到学校，我每天都很用心读书。日子逐渐清明，忧虑过滤了不少，过了一段轻松自在的生活，同学们都说我活泼可爱，聪明得像个小精灵。随着大龄年纪的造访，开始有一些同学喜欢我，也有一些人好意给我做媒。但那时的我一心只求学业深造，只能是流水无情。

三句话，一场婚姻

过去，我爱嗔怒，总是向这个世界伸手索取，好像总有些东西是我理所应得。现在，我变得宽容而平和，并开始接纳不甚完美的自己。我想自己或许可以成为维纳斯，即使残缺，也可以美。

可邻近毕业时，我还是非常软弱地向同学诉苦，自觉有三座大山压着，让人喘不过气，一时没了主心骨，不知何去何从。

他们说："你说来听听，看我们能否帮到你。"

"第一，我想继续深造但高等学院不收；第二，我的生存问题，父母没做生意，人也渐老，家里的钱全买了房子，我不知做什么养活自己；第三，我的婚姻恋情，年过三十，又有残疾，谁会喜欢我？”

“这个是你自己的问题，以前我跟你说的那个刘同仁，很老实的一个人，你不同意，这能怪谁？”这时一位同学表示。

这让我想起，比我们低一届的学生中，有一个叫刘同仁的。早在一年前，学校的一个负责人有一次在听了我的分享后很是感动，当她知道我没成家，就和另一个同学来给我说媒。当时我正和一个好姐妹聊天，当听她们说到这个刘同仁是农村人的时候，我的这位好姐妹立马回绝说：“使不得，我小妹不去农村。”就这样，算是回绝了一次。后来由于在一个学校学习，有一天集体活动时，我坐在一个人身旁，他看到我只有一只手翻书不方便，便主动为我翻书，人也热情体贴。后来听人说他就是“刘同仁”，心想他确实是个老实人。

我一直监管学校阅览室，后来他也来轮流管理，这样我每天负责开门闭馆，他则负责打扫卫生，一来二去，逐渐熟络。有时没人看书时，我就同他聊天交心，漫谈各自的理想和目标。彼此了解更深后，才知道他也想找一个有同种信仰的人共度余生。而我深知自己一介残疾，如若不是他，还会有谁真心爱我？后来我还咨询过班上稍微年长的同学，他们以过来人劝慰我：“找对象就是要找靠得住、老实本分又有担当的，这样的人真心爱你，不会有错！”

最后，在我们临近毕业的一次交流结束后，他像是鼓起了莫大的勇气对我说了三句话：

我喜欢你。我爱你。嫁给我好吗？

我感到震惊。因为在不久前的一场梦里，也出现过这样言简意赅的三句话，这在我看来有如神助。从那天起，我就认定他是我生命中的另一半，便点头应允，开启了一段新的热恋。

2005 年 7 月，我正式毕业，回到在长沙的新房。这房子是在甘肃当兵的弟弟的强烈要求下买的，他深知自己不可能在高原干一辈子，想买了房子再调回长沙工作。房子是用他的名字买的。由于我们在长沙这些年都住的是出租房，在拿到新房钥匙后，即使没有装修，我们也搬了进来。

刘同仁放假后就回到了老家新化县，住在教堂顶楼，一个只有几平方米大的杂屋。六月天，顶楼高温可达四十多摄氏度，实在受不了就在教堂的长凳上打盹。

他四岁时母亲去世，十七岁时又没了父亲，家里的土砖房也早已坍塌，所以孑然一身，四海为铺，现在教堂就是他的家。或许正因为这样，没有人反对我们这对苦鸳鸯，两个渴望被爱的人用手机短信彼此温暖、滋养对方。也就是在这不短不远的异地恋中，我们的感情在逐步升温。两个月之后，他又回到了长沙继续读书，而我就近去了浙江台州，继续深造培训一年。这期间，手机成了我们的信鸽，传递着我们之间的爱意。

很快到了学期末，寒假来临。弟弟被调往成都一个比较好的单位工作,在家一直扮演父亲角色的他在得知我们的情况后，主动跟我提出，只要我们结婚，他就将年终奖悉数给我们结婚使用。最终，他将工作一年的全额年终奖八千元交付于我，并嘱咐我们尽快成婚。厚厚一垒钱放在手上时，我既感激又充满了压力，想不到弟弟比我还要上心婚事。在给了我们全部年终奖奖金后，他还将长沙的新房弄了装修，让我们在他购置的新房里结婚。我觉得过意不去，却拗不过他的执意，这种血浓于水的亲情使我为之动容。

便是这样，我们择日去民政局领了结婚证，拿着这沉甸甸的八千元购置了一些家具用品，身边的亲朋好友一起为我们置办了三桌酒席。在新年正月初三，我和刘同仁举行了简单而热闹的婚礼。虽然婚礼全程没有摄像录影，没有香槟和司仪，但所有该见证的一样不落。这种久违的幸福感一下向我袭来，使我眩晕。过去，因着身体的残缺，我一直自卑畏缩，走在路上时常感觉走在刀山火海中，时刻提醒着自己的与众不同。现在因为爱情的缘故，我可以借机向世界宣告：我李敏终于也能结婚，组建家庭了！即使遭遇再多苦难也不算什么，那些都比不上我对美满婚姻生活的憧憬，比不上陌生人对我的善意微笑和简单的祝福。

一家三口的平静生活

美好总是短暂的。

过了正月十五，我们的新婚蜜月期加起来还不超过半个月，他要继续完成一个学期的课程，我也要折返台州完成最后一期的求学生涯。来到台州我一如既往地学习，有同学问我准备什么时候要孩子，我也只是说刚结婚没多久，双方都还在读书，再者自己身体也不怎么好，暂时没打算要。没想到的是，四十多天过去后，我依旧没来例假，虽然以前周期也差不多需要这么些天，但今时不同往日，索性还是买来一张测孕纸，果真是怀孕！

得知这个消息的我既兴奋又紧张，激动之余，我将这个好消息第一时间告诉了丈夫和母亲，紧张的却是担心未来不能够很好地养大这个突如其来的孩子。

“生活就是用来解决问题的。以前困难时期，上一辈的人都能将我们养大，更何况是现在。”还好有一位同班同学这般鼓励我。

于是很受鼓舞，完全放下担忧，一边按部就班地完成学业，一边安心期待孩子的出生。

怀孕期间，我没有任何不适的身体反应，只是肠胃还是偶尔会像以前一样吃不了很多，有时会胀气、拉肚子。每当这时我都觉得孩子是在跟着我受苦，吸收不到足够的营养。

我常常抚摸着大肚子对它说：“宝贝，不管怎样，妈妈都会尽量吃多一点，你把妈妈身体的营养全部吸收掉，快快长大。”为此，每天的饮食都会令我格外注意。

2006 年 11 月 20 日，已是临盆期，丈夫早几天就从新化赶了过来。清晨 6 点多，羊水已破，快要生了。丈夫立马拨打 120，在救护车上我才感到一阵绞痛。来到医院，医生见我瘦弱，让我去称一下体重——只有 39 公斤。

自从怀孕后，想方设法多吃东西就成了我的一个硬性指标任务，但因着自己之前食道溃疡做过手术切断一截，肠胃功能一直不是很好，胃口着实一般。

所以每次去做产检，医生总是千叮咛万嘱咐：“要多吃点，孩子太小了。”

但身为准妈妈的我，只能感到心有余而力不足。有一次做完体检，在体检表格上，赫然看到“高危产妇”四个字，这个定义不能说不准确。

“这么瘦，孩子会有多大？现在羊水也破了，孩子在腹中有可能被憋坏，你自觉有没有力气顺产？还是快剖宫产吧！”听完医生的话，原本打算顺产的我也打消了这个念头，害怕孩子在腹中憋坏的我，不得不同意剖宫产。

医生帮我做完一系列化验检查后，将我推进手术室，半麻醉。医生在动刀之前，隔着口罩也能依稀听到他们在说：“这个妈妈真是伟大，就一层皮包裹着这孩子，一点脂肪都没有。”

儿了在上午 9 点 33 分出生，重 2.26 千克。

当护士把儿子抱给在手术室外面焦急等候的丈夫看时，他喜出望外，但依旧掩盖不了对于儿子才这么一点大的担忧。晚上丈夫基本上没睡觉，儿子总是哭，初为人父，又不会泡牛奶，也不会喂，儿子也不吃。

第二天医生建议我们放恒温箱去调剂过渡，但听医生说要好几百元一天，听后有些犹豫，直说到明天再看。这一天显然让孩子遭了罪，总是哭，晚上也哭叫个不停。第三天眼看孩子脸色发黄，再次被医生建议放去恒温箱，我这才没有迟疑，让孩子在恒温箱待上五天。

这之后孩子脸色渐好，牛奶也吃得多了，一天天长好，出院时体重已有 5 斤多。现在想起，真是亏欠儿子，让他受了不必要的苦。

我自己则因为剖宫产躺在床上几天，下床走一步伤口疼一步，七天拆线后才痊愈。

走下楼去看儿子，隔着恒温箱看到儿子在美美地睡觉，觉得甚是可爱！可惜当时没有智能手机，也没有随身携带的照相机，一张当时的照片都没保存，实在有点遗憾，还是等到儿子满月时，才去照相馆照了一张照片留作纪念。

儿子一天天见好，我的伤口也已拆线，一星期后我们就一起回家了。

丈夫请假陪同我们娘俩一个月，每隔两个小时他便要煮喂一次牛奶、换尿片，儿子只要吃饱就会笑，很少哭，算是十分听话。有一天晚上丈夫忙坏了，刚换完尿布湿又被拉湿，这样几套衣服换了下来，每一次丈夫都要笨手笨脚地忙上半天。最后，我去一看才恍然大悟，原来是丈夫把尿布湿穿反了，难怪尿全部流到衣服上，哈哈！

就这样，我们也在摸索中逐渐成长为合格的父母，儿子满月后，丈夫回新化上班，我和母亲则在长沙继续抚养儿子。

儿子半岁时感冒发烧得厉害，一度达到四十一摄氏度！

后来一岁多时又感冒，我不想让他打针，一来对孩子身体不好，二来打针也偏贵，就让他先吃药，但又担心一时半会好不了，每隔四个小时就喂一次消炎药（后来才知道时间间隔太短，一般消炎药起码要隔八个小时）。儿子皮肤出现过敏皮疹的症状，后来医生让我换一种药物给孩子吃，但这种药儿子吃了就拉肚子，拉了两天整个人都快脱水，又被医生下病危通知，赶紧住院。住院后，丈夫特意赶回长沙看望儿子，看着孩子遭罪，他比我还要心疼，一个劲地自责自己没能好好照顾我们。

看到丈夫回来，不知为何，我的心里压力顿时就没那么大，我相信我的丈夫，我知道只要他在我们身边，再可怕的困境都能迎刃而解。

因着这份坚守的爱和陪伴，儿子住院一个星期就痊愈了。

儿子三岁多时也是因为小儿感冒，没有让他打针，开了点药就回来。在人满为患的公交车上，冷气不足，大家都热得要死，而母亲担心儿子吹伤风，将他全身包裹得很是严实。本来发高烧的儿子，被我们这一折腾，回到家就抽筋不止，整张脸都变成了紫色，眼白直翻，急得我和母亲抱着儿子又往医院跑。

还好没什么大碍，医生只是嘱咐我们要时刻注意，六岁前的孩子一旦感冒发烧就有可能抽筋，不能掉以轻心。

这次事件一直令我心有余悸，现在回想起来都觉得甚是可怕，有时忍不住还会心痛流泪，觉得太过亏欠儿子，枉为人母，没给他创造足够好的生活环境，还平白无故让他受了许多本不应该受的苦，也是因为手头一直拮据，只想着如何节省，蒙混了事。

后来，我坚持要丈夫回长沙来工作，共同抚养他长大。于是在 2011 年初，丈夫来到长沙市基督教城北堂工作，一家三口这才团聚。

仰仗着对彼此的爱与眷顾，一家三口的日子过得平静安稳又幸福喜悦。

病魔再次侵袭

我之所以对儿子几岁时的病情“如数家珍”，原因在于从小我对疾病的敏感、痛恨，以及作为母亲的天然自责。从小在疾病阴影下长大的我，深知稍有不慎就有可能留下祸根，“久病成医”的我对此十分关注，不敢掉以轻心。就是在这样的小心谨慎和悉心呵护下，儿子的身体逐渐健康成长，与常人无异，这让我们感到很是欣慰。

然而病魔显然没有打算就此放过我。

2013 年仲夏的一个夜晚，我带着儿子去广场上散步。六岁多的儿子在广场上骑着儿童自行车，与他的小伙伴们尽情玩耍、比赛，整个广场中央都飘荡着他们嬉闹的声音，虽是累得满头大汗，但却乐在其中。看着儿子一天天健康地成长，坐在一旁照看他的我却有着说不出的满足感。在返程回家的路上，有一个颇为陡峭的上坡，儿子推不动他的自行车，喊我帮忙。我便赶紧上去搭一把手，一时没有抓到，小自行车旋即径直打到我的左腿胫骨。阵痛袭来，却也没当回事，回到家一看，发现也没肿大、瘀青泛紫的症状，只是手一压下去就会痛。我以为并无大碍，为自己擦了点止痛膏就算了事。

没过几天，我就带着儿子去四川成都弟弟的新家避暑游玩。清晨赶到成都，弟弟和弟媳在火车站迎接我们的到来。儿子很高兴，我却怎么也高兴不起来，因为舟车劳累，一下火车左腿就开始剧痛。

安顿待毕，我连忙将裤子卷至膝盖，用手挤压，剧痛明显，一下整个人就瘫软在沙发上，一种不祥之感笼罩心头，顿时使得心情异常郁闷。

为了不扫兴，在这期间我都一直压抑着不敢与人明说，只有老公打电话问我玩得是否开心时，我才敢道出事情原委。我把自己的担忧告诉他，他说我是“一朝被蛇咬，十年怕井绳”，怎么可能有这么多癌症，并安慰我不会有事，千万不要放在心上。

我就这样心里压了数块石头般，陪儿子在成都游玩了十天半月，直到临近儿子小学一年级开学，需要亲自返回长沙面试。

待儿子面试一过，我只身前往长沙湘雅医院拍片做 CT 检查，结果很快出来，是左腿胫骨缺失，需要做手术，活检又免不了。

我被医生告知，如果是骨皮质缺损，手术只须在缺损部位植入人工骨头就好，对之后的生活影响不会太大；但如果是肿瘤，良性的也还好办，要是恶性的恐怕就不好办了。

听到这样的消息，我感到异常无力，以往那些与病魔斗争的一幕幕又浮现在我眼前，只是现在的情况更加复杂：身为母亲，我要呵护儿子健康成长；身为妻子，我要予以家庭和谐美满；身为女儿，年迈的父母需要我尽赡养之责。在这样的当口，病魔又向我伸出了罪恶之手，多年前的那些挣扎、惶恐、无助一下子占据了我的大脑，我像一个任性的小女孩，倔强而任性，不愿相信这个事实，更是拒绝医院的进一步检验、治疗。

直到儿子开学一段时间后，应了家人的强烈要求和母亲的陪伴，我还是去了医院一查究竟，希望能够找出根本原因，早日康复归来。

于是办理了住院手续，经过一系列检查后又做了活检测验，9 月 30 日下午可拿到结果。因为要带孩子，我便先行回家，让母亲替我在医院拿结果。

等到医院快要下班时，一位年轻漂亮的病理科女医生才把结果交给了我母亲，并对着母亲耳畔窃窃私语了一番。我那护犊心切的母亲却在那大眼瞪小眼，对着女医生一番质问，手里的检验单抖擞得一上一下，有如乱水浮萍。母亲是真的着急了，只是一个劲地大喊：“这不可能，不可能是恶性，我女儿只是被小孩子的自行车碰撞了一下！”

年轻的女医生只好拿着单子给一位年老的教授去看，教授随意看了两眼就将之前的检查单扔进垃圾桶，重新写了一份测评，称：“目前查不出任何原因，结果倾向于良性。”

一回到家，我就拽着她的手臂问最终检验结果，她见我这般担心紧张，连忙说是良性。我问她医生具体怎么说，她开始吞吞吐吐，欲语还休。我便很是怀疑，让她将真实情况告诉我，直到她透漏完整个细节，我像是被人当头棒喝，一下蒙了，我不知如何是好。带着万般侥幸心理，等到主治医生上班，我又去了医院，这才得知第二天就要准备手术的消息。

就这样，我懵懵懂懂地走上了“骨皮质缺损补骨头手术”的手术台。

手术还算顺利，医生也说：“依我们的经验来看，你的肿瘤呈现良性症状，不像是恶性肿瘤。”

听后，我很高兴，一心想着再等半个月就能拆线出院，回家好好尽职尽责做一个好母亲、好妻子、好女儿。

然而天不遂人愿，当快要拆线时，病理结果再次出来，病理科的医生一脸阴沉地告知我丈夫：“结果暂时不能给你，麻烦让你的主治医生来拿。”

医生还告诉我们，这次为了彻底将病因查清理顺，医院特请了专家，认真详察了三天，才一致判定最终结果——恶性纤维组织细胞瘤。

其实早先我就有些忧心忡忡，要真是良性的，哪里需要一而再再而三地确认，抱着侥幸心理的我，只能期盼最好是这样的结果。但这个事实最终摆在面前时，依旧让人无法接受，站在医院走廊盼着结果准备明天出院的丈夫，没想到结果会是这样。

上帝好不容易为我打开的一扇窗，顷刻间就关上了。眼泪在这时都不管用，我甚至忘记了如何委屈，怎样去哭，我的情绪一下像是功能失修的报废品，任谁也启动不了。我只知道内心早已生成一吨一吨的云，压得我快要窒息。

最后我们被建议去北京找病理专家会诊，如果真是这个病，摆在我们面前的也只有两种选择：要么斥资十几万元替换一个人工膝关节，要么花费两万元截肢。如果不是这个结果，那就是不幸中的万幸。

出院回到家，每天躺在床上，看着儿子背着书包上学，丈夫骑着车去上班，唯独留我一个人在家胡思乱想：我想起过去手臂截肢前徘徊湘江边的场景，想到这些年好不容易积攒下来的幸福生活，想着即使过去惨淡未来却还有人牵挂，想着我要真的死了，儿子没有妈妈该怎么生活？他的学习谁来辅导？缺失母爱的他不再能无忧无虑地长大了吧？想着丈夫没有了我，他带着儿子怎么生活？他还年轻，如果再续弦，继母会对儿子好吗？想着父母如果没有了我，他们的幸福晚年交由谁来掌管？想着我年纪尚轻只有三十八岁，这样死去太不甘心。

就这样，常常想着想着早已是泪流满面，像是看到自己未来卧床不起的样子。我总是将身子全力倚靠床头，两腿伸直，起初还揉一揉、捏一捏，后来想到伤心处只是拼命捶打那该死的左腿。我恨它，更恨我自己，因着疾病，从小到大活成别人眼中的累赘，又没了结自己的勇气。

我真是窝囊，这是贪恋人间，放不下这一路走来的各种关系。

于是为了儿子能有妈妈，丈夫能有妻子，母亲还有女儿，我强迫自己振作起来，每天顶着一只病腿下地做些力所能及的家务。

疼痛使我行动缓慢，一些原本简单的劳作这时却显得吃力——切菜时，我试图将下肢重心转移到右腿上，只能左手持刀的我，着实为难；扫地也像一个手持扫帚的小孩，只能慢吞吞地服务于一小片区域；几乎不下楼，短短一百零八级台阶，于我是再也没有心力攀登这小长城了。无所事事的时候，在内心请求老天爷再宽裕我一点时间，让我能陪伴儿子成年，看到丈夫头发泛出花白，母亲安稳如故。

就这样过了一个多月，12 月初再去湘雅医院进行会诊，检查结果依旧如常。

主任医生建议我去北京找专家会诊，这之后再做具体的诊疗方案。其实在这之前，丈夫有托熟人找到刚从上海回来的病理科教授，他来医院做病理科指导工作时对丈夫很是诚恳地表示过：“无论你的妻子去哪里检查，这个结果不会改变。”也就是说以他多年的病理经验来看，我的病就是这么个结果。他甚至还说：“如果你们有钱治疗，在为你们做手术的医院继续按他们的方案治疗就行，要么更换膝关节，要么截肢，如果没有钱治疗，你可以考虑带她出去旅游，陪她开心地度过剩下的日子。”

回到家我问丈夫情况怎么样，丈夫脸色沉重，答非所问。

“老婆，是我害了你。”

“你怎么这么说，应该是我害了你吧！”我说。

“我四岁时，死了母亲，十七岁还没成年，父亲也死了。认识你之前，一直在外流浪。我就是这样的苦命，不该把你拖下水。和你结婚后，过了八年有家的生活，我很知足。现在家庭要面临解散，接受不了。不过我想好了，你要是走了，我也跟你一起走。”他低着头，说这些时，像是犯了错的孩子。

“尽说些傻话，你走了，那儿子谁带？”我对他又气又怜。

那天，他去学校接儿子，儿子跟着他回家后又去找同学去游乐场玩，他楼上楼下找遍，都没看见儿子，很是着急。后来儿子回来，给了他一顿训。

“你听我的话不？不然我把你送给小舅！”

儿子听后立马认错：“爸爸，我听你的话。”

这一天下来，我看在眼里急在心里，一直对生活充满信心的丈夫，在权威教授的建议、癌症的事实面前是如此绝望，从没见他有过这般软弱。而我渐渐觉得，不管结果怎样，我都要尽自己最大可能去寻找活的希望，只有这样，这个家庭才不会分崩离析，未来才有新的可能。

“妈妈，你像光头强！”

2013 年的冬天，我推着行李箱独自一人进京会诊，起初我找到的是北京颇具权威的积水潭医院，在为我仔细检查一番后，结果与之前无异。接着我又来到了北京医学科学院肿瘤医院，这次病理会诊的结果亦无出左右，通过这里我还了解到，置换一个人工膝关节大概需要七八万元。我自然无力承担这笔医药费。向家人反馈这个情况后，还是弟弟出面为我分担了忧愁，他叫我不用担心其他琐事，让我安心在北京做手术。最后他还为我找了熟人，这才住了院。

一系列的检查过后，主治医生找我谈话，说：“得知身患癌症，一般人只有三种表现：第一种，整个人被这个噩耗吓垮，丧失了基本的求生意识；第二种人，选择与癌症对抗，但似乎谁也打败不了谁，只好带着癌症继续活着；第三种则是凭借顽强的个人意志将癌症打败。你看你，选择哪种？”

“我来北京，就是为了打败它！”我说。

接着，他又说了手术存在的风险和有可能出现的后遗症，担心我身体太瘦有可能下不了手术台。除此之外，我有可能要进 ICU 抢救，有可能要输血，有可能手术后植入的人工膝关节折弯度不够，不能正常行走，那以后就需要人服侍。并且最大的隐患在于我的肺部有几个小结，也许是恶性转移，如果真是这样，就算手术成功也并没有多大意义，做了也等于白做。

“你要考虑清楚。”最后他强调道。

有那么一刻，我只想放弃自己，一了百了，不想浪费钱在这个痨病上。人生选择何其多，为何我总是要面临这般生与死的两难。

正当我犹豫不决时，两位身在北京的朋友特意赶来医院看望我。将情况告诉她们后，她们给了我很多鼓励，其中一个举例她患了肠癌的亲弟弟，称也是在这家医院做过手术，化疗一阵之后就见好了，好多年都没有复发。在受到鼓舞的那一瞬间，我感到自己是《欲望号街车》里的费雯·丽，总能轻易感受到陌生人的好心肠。

第二天，我问于主任这样的肺部小结具体是怎么回事，有没有必要非做手术不可。

“目前，肺部小结只有一毫米，看不出其他什么迹象。当务之急是你的腿，一定要动手术了，难道一定要等到溃烂疼痛到不能走路才做？”最后我又跟丈夫打电话沟通，才决定不管这个病最终怎么样，先谨听医嘱，更换一个人工膝关节。

于是在圣诞节前夕的平安夜，我做了左腿胫骨膝关节置换手术。

七个多小时后，我从手术麻醉状态中醒来，听到于大夫对我说：“手术很成功，请安心养病。”我心里有了些许安慰，但术后的疼痛真是让人难以承受，打了石膏的左腿用绷带绑得十分紧，那里又肿又痛又痒，整个左腿不能动弹，似有千斤重量。白天打了消炎点滴、止痛针还好，一到晚上则难以入眠，胡思乱想。对着煞白的天花板，我盯着某一处目不转睛，直到原本的小白点晕出了小黑点，眼睛不自觉地胀酸，清白的眼泪流淌而出，我才知道自己又在放空。

我已经想无所想。

便是在这样的状态，不知如何睡了过去，第二天醒来又是新的一天。为了使自己振作起来，特意不再看自己的千斤重左腿，也不再窥视同病室的其他人，给脑子里灌满儿子的爽朗笑声，填上丈夫和母亲的样子。这样，方能知晓自己的使命，是必须活着，竭尽全力地活！

手术二十天后，医生看伤口恢复得还好，由于床位紧张就让我出院回家养病。儿子也放了寒假，在家没人看管，于是回家。在家里给自己换药，不小心让伤口发炎流脓，又去医院打了几天消炎针。但情况越来越糟糕，伤口溃脓越来越严重，长沙的医院不再收留，建议我在哪里做的手术就回哪里复诊，所以没过多久又与丈夫一起来到北京，做了一个长达八小时的皮瓣手术。

术后病人都回家过年，只有我和丈夫还在医院待着，你看着我，我看着你，中间隔着病情反复的伤口。以前小的时候，对首都北京充满了无限遐想，故宫、长城、天安门广场，还有那么多想要去走一走、看一看的风景名胜，现在却没想到落到如此田地，连一座小小的医院之门都跨不出去。因为自己的无能，北京给我留下了冷清、凄凉的印象，这样一个本该是阖家团圆的日子，我却拖累丈夫陪我在遥远异乡的医院里度过，心里十分自责、难受。

春节过后，伤口彻底好转，拆了线，我们便回家。临行前，于大夫说我身上以前长过肿瘤，体内定有癌细胞，为了安全起见，建议还是做化疗。这无疑又给我新增了一个难题。但没一会他又改口："不过，像你这么瘦，不一定承受得住化疗，现在做也没有多大意义。"

回到长沙一个月后，由于没去化疗，心里感到不太踏实，担心病情会再次复发。最后决定还是去吧，瘦又如何，总比以后留下遗憾要好，要治就更加彻底一点，实在不愿再饱受病痛折磨。因此我将化疗当作一次必须完成的任务一样，算是给自己一个无怨无悔的交代。

两个疗程的化疗下来，我真正感受到什么才是生不如死。每天早上 5 点没睡醒就要开始输液，一直到晚上 12 点，有时甚至到凌晨 3 点，休息两三个小时后又接着输液……就这样循环往复，不分昼夜。化疗的药物堪比毒药，护士们换药时都戴着手套，身体本就虚弱的我，又开始上吐下泻，最后完全没有味觉，吐得不行了去病检，一查才知道——白细胞 1.29，人瘦得只有 30 公斤，整个人奄奄一息。最终好不容易坚持化疗完两个疗程，这身体是再也吃不消了。

回到家，头发开始大把大把地掉，起先我用手把它们全部扯下来，后来丈夫用他的剃须工具，将剩余的部分修理干净，最后一个圆溜溜的光头出现，一点头发都没能留住，头发早已连根坏死。我也没有觉得很痛心难过，因为以前截肢右手做化疗时头发也掉了个精光，也许是心里早已接纳了这一事实。

儿子看见了大为吃惊，连忙心疼地问我：“妈妈你的头发怎么啦？”

为了不让他过分担心，我只好安慰他：“妈妈得了一种很奇怪的病，需要打针，打了针，头发就会掉，不过没关系，以后会长起来的。”儿子听后这才似懂非懂地“哦”了一声，又伸手摸了一下我的光头。

“妈妈像光头强！”

我和丈夫都笑了，后者连忙说：“儿子你说得对，妈妈现在变成光头强了。”大病过后，一家人在一起这样的温馨时刻真是难得。

初涉亲子教育

经过一系列的治疗，我自己终于松了一口气，好像打了胜仗，庆幸过了鬼门关，暗地里告诉自己一切的治疗到此结束，剩下的日子，能活多久就算多久。有时也会想起书本里的那些大人物，诸如海伦·凯勒、史铁生，即使他们身有残疾，却依旧能够写出那些伟大篇章，激励无数后人珍视生命的重量。我也是，这一趟趟下来，让我看到了生命的脆弱和稍纵即逝，在庆幸自己还活着的这些日子里，定不能辜负来之不易的平静。即使剩下的生命是断壁残垣，我也要在这片废墟上建起一座属于自己的景观。我不仅要活着，还要有重心地活。

于是给了自己定位：家庭的管家——丈夫的帮助者，儿子的陪伴者，母亲的赡养者。尤其对后代的教育，成为我一以贯之的重中之重。心想，做母亲的虽然残疾，但给孩子的教育不能残缺，要让他得到像样的教育，未来有更多的可能。

然而在陪伴儿子的时候，可能是我太过焦虑担心，管教颇严，望子成龙之心过于急切，在教育孩子方面更无章法可言，导致与他相处的关系不甚友善。我在全身心地爱护他，但儿子却感受不到我的爱，再别说接受了。他对我非常惧怕，放学回到家就躲着我，生怕我对他问东问西，督促他写作业。为此我很苦恼，一方面只想在有生之年能让儿子在各方面都很优秀；另一方面则更希望在活着的时候，能与儿子培养出亲密无间的亲子关系，让他接纳妈妈的爱。为此，我又买了许多亲子教育方面的书籍，比如《六 A 的力量》《妈妈如何说孩子才会听》《培养男孩的 100 种方法》等，每天在家里认真看，动情处还会拿起笔做下笔记，再依葫芦画瓢地应用在孩子身上，但似乎都没起什么作用。

就在这一筹莫展之际，儿子学校里的右脑开发启蒙老师邀请我参加王维老师的亲子教育公益沙龙，这无疑是一次开拓眼界的好机会。带上笔记本，我欣然前往，犹记得那天到场的家长很多，很多家长都像我一样十分重视孩子的教育问题，尤其听到王维老师说到他的儿子在长郡中学读书，让他学街舞，并与孩子保持着良好的亲密关系时，真是羡煞我等旁人。在这趟受益匪浅的公益沙龙课程之后，我第一次从王维老师口中得知

“卓越父母”，便毫不犹豫地决定去了解“香港卓越父母研究院”的后续专业课程。

2014 年 7 月 22 日，我头上戴着假发参加卓越父母的学习课程。两天下来，我坐在后面，认真做着笔记，第一次知道了“心理营养”这个词。原来人不但需要生理营养，还需要心理营养。由此及彼，我反思自己打小就缺乏心理营养，对此已成习惯，在自己有了子女后，也没有给予儿子心理营养。所以当我用原生家庭的习得性方式，以掌控、恐吓、打骂的方式教育儿子时，问题只会越来越多，导致亲子关系越来越差。

记得学习卓越父母课程的第一天，早上出门同儿子说：“妈妈出去学习了，你在家要乖乖做作业哦！”他高兴地答应了，但我晚上 6 点多回到家，问他作业进展情况时，他只是不耐烦地表示“没做”。我用之前的老办法恐吓他：“还不快去做，等下爸爸回家看他怎么收拾你！”他才极不情愿地起身，但做了一题，接着做第二题时就会大叫：“我不会！”

我先是一愣，接着对儿子说：“儿子，妈妈今天去学习了，那位林老师说你是独一无二的最有智慧的宝贝，你那大大的两只耳朵是最听话的象征，任何题目你只要认真看三遍就能做出来。”

儿子有些略带惊喜的诧异：“你的老师怎么认识我？”

“妈妈把你的照片拿给老师看了。”

他便委屈地低下头，掰弄手指：“我看三遍题目也不会做。”

“妈妈相信你能行的，你试试看。”

这之后他毅然跳起来，一边将作业本捡起，一边说：“如果我看了三遍也做不出来，你的老师就是说谎话的骗子，那你去找他好吗？”

“好，你先做。”

没过一会儿，儿子高兴地喊着说：“妈妈妈妈，我只看了两遍题就做出来了！”

“是吗，妈妈说了你就是最棒的！”他则兴奋得站起来抱着我，那种成就感是如此令他满足。

后来我在课程上分享这段亲身经历时，有妈妈问我：“如果他看三遍题还是做不出来，那你该怎么跟他解释？”

“第一，做父母的，我了解自己的儿子，这是一年级的题目，只要他认真看题，一定做得出来；第二，就算他一时半会真做不出来，我陪在他身旁，只要稍微给他提示一下也能做出来；退一万步来说，只要你一直在他身旁鼓励他肯定他，就算没做出来，他的心里也会喜悦，有益于建立你们的亲密关系。”我这样回答她们。

自从学习相关课程后，不断地补给儿子心理营养，每天都会对他灌输：“妈妈爱你，你是爸爸妈妈的宝贝，你是世界上独一无二的存在！”这样的理念，让他感受到被尊重，爸爸妈妈在他身边给予着爱与呵护。不好的原生家庭关系使我成为一个性格暴躁、掌控、强势、要求完美的妈妈，所以儿子达不到我的要求或期望值时，我就会指责、责骂，注意力全在他的缺点上。学习使人进步，现在我改变自己，把注意力放在他的优点上，只要看到他的一点点进步就肯定、赞赏、表扬他，并逐渐放下以前的主观臆断，在任何事情上都尊重、平视儿子，给予他充分选择的自由。

我们都在潜移默化中改变。以前，每天放学回家我只是问他上课有没有举手发言，是否认真听讲，老师讲的那些知识点是否学会，他听了往往不太高兴，也不回答我，那颗心门终究没有为我打开。可能在他看来，妈妈并不关心自己，只希望自己像别的同学一样优秀。

接触亲子教育课程之后，我会问儿子：“你今天在学校过得开心吗？跟谁一起玩？你现在是想先做作业，还是先弹钢琴？”儿子会很高兴地述说他在学校里的趣闻轶事，再走向钢琴。因为他有了自主选择的权力，十分开心地弹奏着一首首欢快的曲子，有时还非得拉着我在他身旁听，表现欲一下子得到体现。我以欣赏的口吻对他表示夸赞后，看到他的脸上洋溢着幸福的微笑，满满的成就感油然而生。那个学期的钢琴课考试，他拿到了全校第一名，不仅如此，每天回到家，在弹完半个小时的钢琴后，他会自觉时间不早了要去做作业，不一会就把作业做完了。类似这样的改变，体现在生活中的方方面面。

因此，当香港卓越父母国际研究院湖南分院的彭娅发送信息称：10月17—19日，第二阶段的课程即将在长沙开班讲授，林青贤院长亲自担纲主讲时（以往大都在北京、上海、广州、深圳等一线城市开课），我内心冲动，很想参加。虽然当时的我因为化疗，头上尚且戴着假发，腿脚行动也不怎么方便，然而因为身居长沙，林院长亲自授课这样的机会不多，即使我是一个靠政府低保生活的残疾人，即使刚刚经历一场大病手头不够宽裕，但我依旧热衷亲子教育，依旧为此心动。

于是我发信息给彭娅老师，在表明自身情况后，咨询她有没有免费名额让我去现场学习。信息发出去后没有得到回应，我也不好意思电话联系，每天都在焦急地期盼。离开课前两天，又收到最后一天报名截止的信息，我便又将之前的想法发信息过去，告诉她，真的很想去现场学习，哪怕是旁听一番也很知足。

就这样，抱着就算不能去我也尽了力的心态，自觉也没有什么遗憾，过后就再没去想这件事情。

直到当天中午，接到助教老师打来的电话，得知彭娅老师为我垫付全额学费，让我第二天直接去听课学习，我这才缓过神，简直不敢相信自己的耳朵！回到家，我兴奋异常，立马将这个好消息分享给丈夫，他也替我感到高兴，并嘱咐我要认真学习，不能辜负别人对我的好意。为此，我对彭娅老师充满感激，心想一定要拿出十二分的努力，才对得起这份厚谊。

与卓越父母课程的不解之缘

听课当天，我早早起床梳洗一番，满怀期待地去学习。签到领牌后，我只身坐在前排，手里握着笔记本，等着课程的开始。课程一开始是互动时间，林老师让我们与坐在自己对面的家长相互交谈五分钟，接着又换一个人聊一分钟、三分钟。当我面对这些同我一样关心子女教育的家长时，我明显感到自己的自卑。每次都是要他们先说，往往得到的回复是：“我在长沙长大，日子平淡，没什么好说的，你来说吧，你肯定是一个有故事的人。”

我很不好意思，生怕他们发现我的假发，手脚有些不听使唤，讲话也开始支支吾吾，于是说：“正如你所见，我的确是一个有故事的人，但一言难尽，要是有机会，希望能上台分享我的经历。”就这样，算是应付过去，我也不知道是否有机会说出那些尘封的过去，怕是自己麻木到再也不愿提起。一天的学习下来，我很是放松。在这里，没有人用歧视的眼光打量我，有的多是包容和充满期盼的眼神；在这里，我收到了每一位爸爸妈妈温暖有爱的拥抱，真诚而甜蜜的微笑；在这里，首次听到了“高级赞美”，并弄懂了怎样使用一致性沟通；在这里，学习使我获得了一种来之不易的短暂的平等。因为觉得他们都是交了高昂学费的人，也就是说他们都是手头宽裕的有钱人，重视家庭教育，愿意为此投资、爱学习的人父人母。而贫陋如我，一无钱财，二无学问，三患残疾，也能厮混此间同他们平起平坐，收获到一种侥幸的虚荣。

第二天，我又早早来到会场，依旧坐在前面，心里抑制不住想要说话的冲动，想着有机会一定得上讲台感谢一下彭娅老师对我的帮助，以及学习期间的感受。眼看热情开朗的爸爸妈妈们一个个作了分享，我的腿脚却不听使唤，纹丝不动。终于，主持人说出“还有最后一个上台分享的名额”，我这才举手示意，走上了两米开外的讲台。

直到走上台，面对这些同我一样又不太一样的家长，我才发现自己想说的话太多，又不可能说太多。于是心怀感恩，道出了最想说也最该陈述的五个感谢：

第一，感谢上帝让我还活在这里。大家看到了，我只有一只手，出于好意，这两天你们都不曾提起。那是在 1999 年，因为恶性肿瘤，不得不截肢。去年 8 月，我的左腿不幸又患上了恶性肿瘤，在置换了一个人工膝关节后，又配合医院做了两个疗程的化疗，所以骨瘦如柴，看上去也十分虚弱。我的头发是假的。说完，我用拿话筒的手轻轻抓了一把头发。

第二，感谢热爱眷顾于我的丈夫，以及活泼懂事的儿子。今天能够来到这里，得益于丈夫对我无条件的支持，以及为了更好地陪伴儿子，给予他完整的教育，才有机会和大家一起相知相识。

第三，感谢彭娅老师为我交付学费，不然以我靠吃政府低保生活的身份，不知何年何月才能有幸来此学习。在此之前，虽然我久闻卓越父母课程大名，也十分想与各位一起学习，但没有彭娅老师的倾囊相助，很有可能就只是一次错过的遗憾。

第四，感谢卓越父母让我有机会认识这么多的优秀父母，能够与你们一起学习，我感到万分荣幸。两天学习下来更是十分开心，让我短暂忘记了生活里的苟且。

第五，感谢林青贤老师赐予我们如此深邃的智慧和丰富渊博的知识，帮助我们这些成千上万的家长更有意识地去陪伴、教育自己的孩子。

眼看时间差不多，分享完后，在一片掌声中我缓缓下台，接着林青贤老师上台开讲，他说的第一句是："感谢李敏的分享，下课后请你来找我，我要把三代中医养生专家蔡伟龙博士介绍给你，让他来帮你调养身体。”这让我无比感动，受宠若惊。

第三天一大早，带着愉悦的心情，穿上一套花费四十元新买的衣服，取下假发，我以焕然一新的姿态去聆听最后一天的课程。

来到会场，许多人给我温暖的拥抱，还有甜蜜的微笑，有两位老师前来问我，想给予帮助，并询问我的意见。当天课程结束，林院长带着沙哑的嗓音述说我病症的经历，言毕当场表示捐赠一万元，《爱的奉献》这首歌顿时响起，整个会场的人开始站起身来，脚步川流不息，他们在捐助。刹那间，我似乎看到一条充满爱的河流在我眼前流动，一位妈妈紧紧抱着我，不说话，只是轻轻拍打我的肩膀。这一刻，我终于还是没忍住，放声痛哭起来，积压多年的情绪在瞬间爆发，从没想过会以这样的方式释放。在短短十几分钟后，主持人宣布共计捐赠48,000元，加上后续汇款，一共是65,300元！一个靠政府低保生活的可怜人，何曾收到过这么多的钱，带着这笔“巨款”回家时，我好像做梦一般。

三天的课程学习下来，不但让我收获了亲子教育的理念与方法，还收获了这么多的朋友和爱，一时之间，我那颗原本冰冷的心被这些可爱的人融化。除了感谢，我不知还能说些什么来表达我与卓越父母的这段不解之缘。

暴风雨前的宁静

接下来，林院长帮我联系了蔡伟龙博士，资质深厚、医术精湛的他非常有耐心，详细询问我的身体状况，并为我解答疑难困惑，其间还免费赠送药品、开送义诊药方。

那一阶段的我活得很是轻松自在，也感到前所未有的信心十足，过去的那些阴暗再也不去想，认定自己前途光明，可以四处求学、培训，报考心理咨询师资格证，并更加积极地参加香港卓越父母研究院亲子导师的各项比赛。

2015 年 4 月，在参加香港卓越父母研究院的年度总结大会后，我投了一篇学习之后的蜕变和育儿成长日志，被香港卓越父母研究院授予年度“挚爱亲子奖”，林青贤院长特意安排中国著名教育专家、知心姐姐卢勤老师为我颁奖，并让我在如此隆重的会议上发表五分钟的获奖感言。整场事件下来，像是梦幻一般，梦醒时分，才发现这可能是我此生最值得骄傲与荣耀的日子！

巅峰总是来得短暂，年会过后，原本打算让自己身体长得更胖一点的我，想着以后可以去全国各地进行亲子教育沙龙的巡回演讲，凭借自己的一腔热情去传播爱的教育，可没想到，正是在这看起来有所好转之际，苦难又悄然来临。

在接连三天的亲子导师内训完结之后，7 日晚上我和王维、大军导师一起准备乘坐当天的航班回家。在机场的一个餐厅吃饭时，左腿一下子感到莫名的沉重，卷起裤子才发现左腿肿得很大，以为并无大碍，便将腿脚搁置在一旁的凳子上，心想可能是连续工作十二个小时没有适当休息造成的，或许回到家休息一晚应该就没什么问题了，也就不再去多想。

回到长沙后，休息一晚，第二天一早再打开裤脚，发现左腿依旧还是肿大，只不过相对昨天来说稍微小了一些。我还是抱着久病成良医的心态轻轻用力挤压了这块以前长过肿瘤的地方，疼痛感来得煞是明显，一种不祥的预感漫过心头。

即使这样，我也不愿去面对，更没有胆量去细究。我发现这一病症后，只是闷在心底，对谁都没说，带着这样提心吊胆的侥幸心理，度过了一些时日。

然而症状并没有因此消失，并慢慢出现了一些新的状况，稍微坐久之后，这腿怎么摆放都不太舒服，肌肉总会呈现酸痛的膨胀感，晚上睡觉只要稍不注意就会疼痛难耐。

有一天晚上，儿子去了同学家玩，我和丈夫在小区散步，夜晚的星空出奇地好看,天上仿佛特意为人间挂出了一条星河，周围的一切都显得格外宁静。

我把自己的情况说与丈夫听，出于本能或是再也无力承担那些想象的后果，他只能安慰我："不要大惊小怪，没事的。"

也许在丈夫的心里,他比我还要害怕面对那个未知的结果。

在得到他的拥抱后，我说："如果这次又是癌症复发，我无力再活下去了，不想回到之前那种生不如死的状态，哪怕是给我吃点安眠药，让我安静地离开这个世界也是好的。在我看来，你只要把儿子带好，以后再找一个身体健全的人陪你度过下半生未尝不好。虽然我对你们父子俩万般不舍，但我能有什么办法？人命如草芥，我只能埋怨命运对我不公。并且我曾经看到许多的癌症病人是因痛而死，你知道我历来怕痛，要真是那样，反正要死，还不如早点结束。"

面对陷入恐惧之中的我，丈夫听闻过后只是将我搂得更紧，可能是被我的绝望感染，他说："你要是真死了，我也不会再找别的人共度余生，我们爷俩相依相伴，直到将他抚养成人，我的任务也就完成了。"

一时间，一向坚强的他泣不成声，状若泪人。

“你还年轻，可以找到比我强一万倍的妻子，儿子也不能少了一个完整的家庭。”我只是这样无力地劝他。

“可你也知道，这世上能有几个后妈是好的，与其让儿子受后妈之苦，还不如放任他自由自在地成长。”说完这些，他执意要求我去医院做检查，看最终结果究竟如何。

于是我预约了医院的教授挂号，但不凑巧的是，以前给我看病的教授远去进修，此时并没有上班。在拍片扫描后，医生告诉我：“从片子上看，骨头倒是没问题，但相较去年拍的片子，以前长肿瘤的地方又稍微隆起了些。照我看，还是观察一段时间再做定夺，目前来看没有什么问题。”

得到这颗定心丸后，虽然悬着的心暂时放了下来，但依旧心事沉沉、顾虑重重，心情极度消极。

不久，我如约去了广东佛山，在中医养生专家蔡伟龙博士的养生馆里调养了半个月。先前，我还满怀信心与期待，第一天还好，第二天就陷入了忧愁与绝望之中。因为左腿的酸痛肿胀感让我晚上睡不着觉，凭我多年的经验，几乎可以认定这只不争气的左腿又长肿瘤了！如果真是这样，那么每天这样泡脚与针灸又有什么意义，简直是白忙乎，根本起不了任何作用。

蔡博士在得知我的反应后，并没有表现出惊讶，可能他也早就料想到了这个情况，只是宽慰我说：“其实身体疾病不可怕，最难治的病是人的心病，如果一个人内心垮了，那就真的很难恢复了。”所以蔡博士要我无论如何对自己有信心，不能被它击垮。“多想一想你的家庭，还有这些年来你不曾放弃的坚持。”

听完这些我才告诫自己：不管怎样，是死是活，坚持做完这半个月的治疗再说。

后来在刮筋治疗时，由于事先没有提出左腿以前动过手术，好心的刮筋理疗师将我的左腿刮得格外“卖力”，致使我疼了好些天，走一步痛一步。

现在想来那些天也不知是如何走过来的，每天心情绝望到了极点，一个人暂住在人生地不熟的出租房里，白天去泡脚、做推拿理疗，晚上回到住处以泪洗面。

一次在与儿子视频聊天时，他热切地喊着妈妈、妈妈，整个手机屏幕都是他伸出手臂张开怀抱的画面。一时间，眼角决了堤，忍不住哭了出来，儿子见状忙问：“妈妈你怎么啦？”

在那一刻，我才知道儿子在我心目中的分量，担心他要是没了妈妈该怎么办,那种不舍之情甚至超过了我对死亡的惧怕。

十五天的佛山之旅告一段落，带着加剧的疼痛和未知的恐惧回到温馨的三口之家。

丈夫对我的爱一如既往，儿子见到我就是紧紧地拥抱，这种源自家庭的尊重和被需要感使我一下动容。有一个明确的声音从我体内发出，它指出了我对这些感受的贪恋，将很有可能使我做出另一种屈从的选择。为此，我决定再去医院探个究竟，看自己的身体到底是怎么一回事。

截肢，截肢

这次挂了以前给我看病的主任医师的号，检查完毕，一个人在走廊上静静等待结果。检查科医生在这间隙向我问东问西，我都如实回答。

直到她问我："以前有过什么病史？"她才侧过脸来打量我一眼，那双镜片凛冽如刃，好像迫不及待地从我口中嗜血真相。

我告诉她："恶性纤维组织细胞瘤。"

她听后对着空气点了几下头，转头又叮嘱另一个看上去像是助理医生的白大褂做记录："较大者分别是 94 毫米 ×60 毫米 ×53 毫米（前外侧）、91 毫米 ×43 毫米 ×70 毫米（后外侧）、

77 毫米 ×45 毫米 ×62 毫米（胫骨内侧）。”

后者如实在笔记本上沙沙地记录着什么，懵懂处还抬起头用可怜兮兮的眼神看着她眼前的老前辈，直到数据得到最终确认，方才如竣大工，欣慰地收起笔头，痴痴地看着她的杰作。她对自己能够在短时间内组织这段准确的医学术语感到满意。

最终，我的左腿被诊断为“多发型实质性肿块”。

拿到这个结果并没有让我大惊小怪，晴天霹雳、天崩地裂什么的更是不可能。对我来说，这只不过是我意料之中的事。我坐在主治医生的办公室，两眼无神地观察着四周。

这时进来一位护士，迎面劈头盖脸就是一通宣判：“医生做手术去了，不知什么时候回来，也不知他还来不来办公室。”说这话时并没有瞧着我，她戴着一个靛蓝色的口罩，两只眼睛因此被勾勒得炯炯有神。

我听后也不搭话，懒得起身，只是告诉自己再等一会，若是等到 6 点半还没来，我就回家，大不了明天再来。

护士这才扭头看了看我，在得知我并无互动打算后，自顾自地离开。她是真忙，而我则闲得可耻，竟开始闭目养神起来。6 点半很快就到了，我起身意欲离开，没想到在门口撞到了主治医生。

“是不是写错了？怎么这么大的面积？”他像是老朋友见面般熟络，直接跳过了寒暄，拿起我手中的 B 超诊断结果。

然而似乎又一下子想到了什么。

“先不管它，等做一个活检才能确定。”我站在一旁，一句话也插不上嘴，只能听任这位“老朋友”给我建议。

“以前有一个病人像你一样，在手术愈合的伤口处长了两个肿瘤，认为只能截肢，但没想到活检结果出来是良性的。不知你有没有那样的运气。”说完，他拍了拍我的肩膀，冲我会心一笑，我也冲他苦笑一番，心知目前只能做活检。

总的来说，主治医生对我很是关心，立马为我联系了分院相关工作人员。

当晚 8 点不到，坐出租车到达分院，一路上只是望着车窗外的霓虹灯出神。初夏暖意正熏，街道上的人儿惬意漫步，唯独我行色匆匆，与同样沉默不语的出租车司机结完钱。下了车，右腿膝盖不知出于什么原因，也开始发功，使我走一步痛一步，并且一双脚底部全长出像紫癜风一样的红斑。医院的值班医生见状一会儿要我去皮肤科，说这双脚可能是紫癜风；一会儿又要我去看风湿科，说这右腿膝盖关节有问题；初诊后，还要我去血液科，说我白细胞高达 40 多，血压低至 40，红细胞少得可怜，是严重贫血。就这样忙活一通，我被疾病的魔爪筛来筛去，心情沉重异常。

第二天，主治医生为我做活检手术，全程麻痹，缝五针后走下手术台，一个礼拜后再取结果。打了三天消炎水，被主治医生建议看血液科，后者又叫我抽骨髓做骨髓化验。

几天后骨髓结果显示没有什么问题，血液科医生由此判断："那这些症状还是由肿瘤引起的。"

于是只能等活检结果。没想到过了没多久，病理科医生打电话来通知我再去缴纳两千元，加做一个免疫组化，我就知道情况不妙。因为通常情况下只有恶性肿瘤才做免疫组化。

我只能照办。又坐等了一个星期，在这过程中，整个人麻木如机器,又像是自己这一切所作所为不过是替另一个人办事。除此之外，在这半个月里，整只左腿被发酵的肿瘤包围，野蛮生长。很显然，它们在对我乘胜追击，使得我脚难落地，一步一次痛楚，行如初登月球表面的宇航人。肿瘤好像膨胀的气球，似要炸裂；血压很低，呼吸都要酝酿一番，方能提气；脸色蜡黄，唇白若妆。

最后的结果还是由我那可怜的丈夫代我去拿，他手里端着几个醒目的中文小字，眼里止不住的哀楚——恶性外周神经鞘瘤。

这八个陌生得像是从古墓里爬出来的妖魔汉字，露出得胜的戏谑嘲笑，使这位原本对苦难擅长接受并一口消化的中年男人摸不着北。一会低头重看那些密密麻麻的判决，试图找出不合常理的部分重拾希望，甚至连他最不擅长的数据加减乘除，和字里行间的句式语法，他也要以小学六年级的最高学历身份勘察校验；一会仰头闭目朝北，向着心中的虔诚发出无声而迫切的祷告。这样的纠错持续到他的眼泪枪子儿般射出，这才缴械投降，被这一纸宣判拿下，狼狈如俘虏。

他终于还是败得一塌糊涂。

主任医生也没能挽救他，相反却给了他更重一击："唯一的办法是截肢，不然活不过三个月。"

回到家他告诉我："这次的恶性外周神经鞘瘤又是很厉害的一种癌症。"那天是星期五，他说："如果你同意截肢，那就星期一住院，星期三可以给你做手术。"

我没回复，只是静静地躺在床上，麻木地看着天花板，任何话都不想说。

丈夫追问："你打算怎么办？"

我大声吼叫："我不活了，我不同意截肢。"

丈夫听后也没再说什么，只是一个劲地在沉默中抓耳挠腮。

不多久，儿子放学回家，一进门就冲着我喊"妈妈、妈妈"。我忍住极大的伤悲，再看着即将九岁的儿子如此天真无邪，一时手足无措。出于赌气或是情绪再难自抑，在告诉他现状之后，我艰难地俯下身，询问儿子："你觉得妈妈活着好些，还是死了好？"

他闪烁着玻璃珠般清澈的大眼睛，想也没想地说："我要妈妈活着。”

“可你看，妈妈的腿现在肿得这么大，如果妈妈要想活着，医生就会把妈妈的腿锯掉。”

他听后先是瞪大了眼睛表示一惊，继而撩起我的裤腿，用两只小手环抱住我的小腿，心疼地说：“不要，锯掉了妈妈怎么走路？”他的眼里竟是噙着泪，水汪汪地看着我。

“但不锯掉，妈妈就会死掉。”我伸出左手，摩挲一把他的头，勉强挤出一丝微笑。

儿子小心翼翼地摸了摸我肿大的腿，又站起身摸了摸自己的腿，然后表情坚定地说道：“那妈妈还是去做手术吧！”

我则忍不住好奇心：“那妈妈做完手术走不了路，只能躺在床上，妈妈要喝水、吃水果、上厕所，谁来帮妈妈？”

他毫不犹豫地拍了拍胸脯，大声喊道：“我来！”

于是，在一旁看着我们母子对话的丈夫也是破涕为笑，竟上前一把搂住我们，一会将脸埋进儿子的头发里，一会又亲了亲我的额头，再难成句。

“癌症，你去死吧！我要活着！”

在这艰难的两难之际，我被无休止的疾病淹没在痛苦的深渊中无法自拔，看不到一点希望。面对疾病，我想快点离开这个苦难的世界，一刻都待不下去；可面对儿子、丈夫和亲人，又万般不舍，离去只会为他们添置痛苦。我一时不知何去何从。这时，我又给林青贤院长发了一条感恩告别的信息：

我亲爱的老师，我生命中的贵人，您好！这段时间我一直在痛苦中煎熬，癌症再次复发，整个小腿被偌大的肿瘤包围，走路即痛，现在也无法走路了。再次面对癌症，我感到无力重复之前的治疗，有那么一刻，真想吃些安眠药早点解脱这人世间的一切痛苦！直到今天拿到医生带来的病理结果，被告知唯一的治疗希望是截肢，到现在我都无法接受。毕竟我已经失去了一只手臂，再让我失去一条腿，真是何其残酷。我不知做错了什么，老天爷待我如此不公，派给我这么多的苦难。可爱的儿子与丈夫，他们一心只要我活着，我也是多么想活着，但到现在，我都无法做出决择。

今天把这不幸的消息告诉您，一方面请您给我一点指导，另一方面是对我尊敬的恩人一个告别。谢谢您！在这短暂的生命中能够认识您是我的福分，我会带着一颗感恩的心离去。祝您一生平安健康幸福！

我还在朋友圈发了一条十分绝望的长文信息。那两天，我是彻底崩溃：从十六岁开始接触信仰，坚定不移地信任了长达二十四年，从没有过怀疑。但那一刻，我质疑生的希望是否存在，满脑子都是决绝的画面，就连梦境也是医生手持电锯将我追杀。那种天崩地裂的绝望真是让人窒息，一直支撑我的那些信念不推自倒，肉体、精神，乃至我的整个身心都轰然坍塌。

还好世上有那么多关心我的人。远在异地的弟弟、弟媳打电话劝慰于我："钱的问题，你不要过多担心，尽管去动手术，保持乐观积极的心态。"丈夫也赞同我去截肢："只有你活着，我和儿子才算拥有一个完整的家。缺胳膊少腿都不怕，我顶上，我们三副手脚照样闯天涯！"还有朋友圈的亲朋好友，他们也都发来各种安慰、鼓励我继续活下去的话。

面对这么多关爱我的亲朋好友，最终我毅然做出了选择——再次接受截肢手术。姨妈说的一句话对我触动很深，她说：“一个选择自杀的人，从根本上来说其实是一个自私的人，她只想着自己逃避痛苦一死了之，根本没顾及那些深爱着关心着她的人的感受，失去她会是多么的痛苦。”我决定接受手术，就算活不了多久，或者死在手术台上，我也无悔。生命本身脆弱短暂，不该留下半点遗憾。

2015 年 6 月 8 日，我住进了湘雅博爱康复医院，医生安排两天后的上午做截肢手术。在住院部这两天的等待，反倒让我异常平静，没有委屈，没有眼泪，一丝悲天悯人都没有。我感觉一切都是封闭静止的，情绪难以见缝插针。9 日晚上，医生为我输血准备隔天的手术，这时卓越父母研究院的彭娅老师来到病房探望我，一边看着我输血，一边陪我聊天，在一旁为我加油打气，给我以鼓励和安慰。最后她说：“我们卓越父母研究院永远和你在一起，愿意推动你生命的轮椅向前迈进。”然后要我把银行卡号告诉她。

彭娅老师走后，我躺在病床上，一边输着血，看着一滴一滴的鲜血流进自己的身体，回想她对我说的鼓舞人心的话，我那已死的灵魂俨然开始燃烧，觉得自己还是有希望的。输完血已是晚上 10 点，打开手机一看，铺天盖地的祈祷和祝福向我袭来——“为亲爱的李敏祈祷，祝福你手术顺利！你一定可以度过难关的！”“亲爱的李敏，祝福你手术顺利，好人好运，平安健康为你祷告！”“亲爱的李敏，研究院的导师和学员都在为你祷告，相信爱的力量无限大，相信坚强的你一定能勇敢地渡过这次难关，祝你一切顺利，让爱与你同在。”……这些来自陌生人的祈祷和祝福，让我一下子热泪盈眶，也就是在那么一刻，忽然明白生命的意义：带着别人对你的爱与期盼，一次次解决各种问题。

第二天一早，一条语音信息让我感动至哭，那是给我信心、激动的眼泪；那是唤醒我对信仰的再一次依靠；更是唤醒我那沉睡的灵魂，燃烧我对生命的希望。林青贤院长在清晨时分，在他即将登上北京专业课讲台之际，百忙之中，用哽咽、沙哑的声音给我留言：

李敏、李敏，我们的李敏，现在整个父母研究院的所有伙伴都会跟你在一起！这两天我们会持续捐助，捐款分批转到你的账上，我看到我们整个团队都在为你的疾病操心，在关心你，真的让人感动！上天一定会看着你好起来。这之后，你会帮助千千万万的人，你是中国的下一个奇迹，你是下一个尼克·胡哲，等你康复后，再去影响千千万万个家庭，让他们的生命变得更为坚强勇敢，好吗？

原来我还能以过去的信仰活下去，没有人忘记我，更没有谁会将我抛弃。这使我相信自己的一切都会好起来，我要成为自己的奇迹！

即是带着这样的信心，平静地等待手术的到来。卓越父母研究院湖南分院的许馨匀院长和她的家人来医院看望我，许院长一家还亲自送我去往手术室，给我信心与力量。在手术台上，我对自己说："李敏，你一定要活着，不能辜负大家的期望，不仅如此，你必须得好好地活着，去创造生命的奇迹！"转念，我又对癌症说："你去死吧，我李敏要活着！"

带着卓越父母全体家人的爱与祝福，四个多小时后，在一片模糊意识和半睡半醒的麻醉状态中，我听到身旁的丈夫一个劲地叫唤着我的名字，直到我完全苏醒过来，他还在傻傻地夸我："李敏，你真是好样的！"我呢，只想给他一个大大的拥抱。而当我看到自己被纱布缠裹还剩下一小节的残肢时，内心居然没有因此伤心难过，反而有一种说不出道不明的喜悦，可能是因为癌症死了，我李敏又活了。

这是一种凯旋的喜悦，我靠着身边人对我爱的鼓励，再一次战胜了癌症！

术后，母亲和丈夫无微不至的关心和照顾使我的身体一天天好转起来。八天过后再复查，一切化验指标均显正常，主任医生宣布我可以出院了。

我无不赞叹爱的力量赐予人的生命力是如此的顽强！术后第九天我就回了家，回过头来，在短短十几天的时间里，我又像做了一场梦。从黑暗绝望的深渊，再次回到充满希望的温馨生活中。虽然我这一生曾遭受如此多的不幸，命运似乎对我不公，但我又是如此的幸运，它带领我来到卓越父母研究院这个平台，认识这么多优秀的家人，凭借他们对我的爱与关怀，让我有勇气接纳残缺不全的自己，更给了我活下去的动力。他们的出现堪比一个个真善美的天使。

我还拥有一个宝贝儿子，以前对他略为娇惯，什么事都没能让他亲力亲为；而他在看到妈妈只有一条腿不能正常走路后，似乎在一夜之间长大了，为我端茶送水，搞卫生、扔拉圾，为我打水拧干毛巾，帮我洗脸，还推着小轮椅带我上厕所，不免稚气地喊着说：“妈妈我推你出去玩！”环境造人，因着身体有恙的妈妈，儿子懂事了。当然，除此之外，还有那个对我不离不弃、无微不至的丈夫，从小到大对我永不言弃的母亲，像父亲一样关爱着并给我以实际帮助的弟弟，还有许多亲朋好友的嘘寒问暖。总之，只要回到家，一切都是那么的令人满足！

永不言弃：活着就很美！

8 月份，我又去装了假肢，算是能走路了。相比以前的右手缺肢，这次左腿缺损使得自己在行动上更不方便。这样的自己，远比失去一只手臂更难以接受。即使这样，生活还是需要自理，至少不能成为别人的负担。丈夫每天上下班后接送儿子，买菜煮饭做家务，都是他一个人把持。有时还得辅导儿子的学习，虽然有时会感慨叫累，但他自称愿意为这个家操持劳作，并说能够这样也是一种幸福。我呢，蜗居在家，每日恢复作息，开始尝试一手一脚的生活。一时半会很难适应，有时候走路的身子重心不知放到何处，趔趔趄趄，状若螃蟹。

接连几天下来，才算与义肢达成默契，渐渐地，也能走些路程。可是外面的世界对我来说依旧是个挑战，自装载义肢后，我一个月就适用了，同装假肢的人都为我竖起了大拇指。在这期间，承蒙卓越父母学院家人们的关爱，间或有人前来探望，对我嘘寒问暖，致以关怀，正如他们所说的那样，他们还期待着我的回归。除了保持每日阅读、学习的习惯，我还坚持书写日记，将那些灰暗的、明媚的或是平凡的心境通过文字表达出来，宣泄情绪。

时间过得很快，不知不觉又到了新的一年。与寻常家庭一样，每逢年关，一家人都会其乐融融欢聚一堂，总结过去一年的酸甜苦辣，展望来年的美好愿望。只是到了我们这一家，明显有些黯淡，不过抱着“大难不死必有后福”的心态，我们还是安稳地度过了这个春节。过年之后，儿子马上就要开学。我也没有闲着，暗自准备新一年的学习成长与梦想计划。然而这时候我在不经意间发现了一个问题，在这个问题上我那饱经沧桑的大脑列出许多可怕的选项，死亡再一次占据核心，使我不得安宁。我开始怕死，害怕在某一天悄无声息地撒手人寰。可我知道自己不能在中年去世，我的儿子还小，丈夫需要情感维系，母亲更是不可能接受白发人送黑发人的现实。最为重要的是，既然已经受过那么多的苦，我不甘心就这样死去，命运对我如此安排，必定要叫我好好活着。

于是，恰逢正月十五星期一，我又来到湘雅医院，希望医生能够为我答疑解惑，扫清阴霾。何主任看到我只身前来，问:

“怎么又来了，这次有什么问题？”说完，露出轻微的问责之笑。这笑容却让我感到心安。“看来主任还认得我。”报以尴尬的笑容，确实有点不好意思。听到他更是爽朗的笑声后，他说：“别人可能不认识，但你怎么可能会不认识？”主任起身拍拍起了褶皱的衣服，手起嘴落就着杯子喝开了。“又有什么问题，说吧。”合上杯盖，他终于坐下，这才将目光投向我，做好洗耳恭听的打算。

于是我就近找了把椅凳，靠下，用左手缓缓掀开左腿上的裤子：“这残端部分又肿起了些，摸着好像又要集结成块，痛倒是不痛，我只是担心是不是又会复发。”残肢暴露在空气中，看上去像是打了结的沙袋，那末端收紧处，因为与义肢发生长久碰撞的缘故，此时早已光滑通透。

主任弯腰凑近摸了一下，这动作让我想起了把脉，随后听到他说：“这样吧，先做一个磁共振，就知道是什么情况了，如果还在滋长，则有可能是复发，因为即使截了肢，但诱发癌症的因素是多发性的，谁也说不准。”他身子往后靠了靠，一副与我聊家常的姿态却让我不自觉地紧张起来。

“那有没有什么办法查出人为什么会得癌症？就算得了癌症，手术后有没有办法控制它不再复发呢？”问出这两个问题，我自己打心眼里也在嘲笑自己。

果不其然，主任只是不紧不慢地表态：“这两个问题在当今医学上都是没有攻破的世界难题。”他仿佛还要借此机会对我说教些什么，恰好这时从门外进来了一位以前为我做过化疗的罗医师，后者好像洞察了这场对话的所有经过，说：“李敏，现在的你已经是个奇迹了。”我不知他是在安慰我还是一次直接的夸耀。他们立刻像是形成了临时联盟，安慰道：“会有办法的，就算复发，再做手术就是了。”而我心里比谁都清楚，如果真的复发，就算再做手术，怕是也活不了多久了吧。

磁共振检查安排在了第二天的下午，做完检查得等到第二天才能拿结果。这一天的等待对我来说如此漫长，有那么一瞬间甚至不知道该如何度过，害怕又期待最终的结果。让人摸不着头脑的是，结果出来，罗医师看完之后说：“这可能是一个好消息，里面有积液，你再去照一个彩色 B 超看看。”带着复杂的心情，我又来到 B 超科室，直到听到医生告诉我：“这里面是液体，不是复发。”这才有种如释重负的感觉。要知道，这是我与疾病抗战有史以来听到的第一个好消息！第二天我又让妈妈带上片子给何主任看，主任也有着同样的判断。只是临走前让我本人过两个星期再来做次抽液检查，看积液是否会消失。

两个星期后，情况还是没有多大变化，我觉得还是去医院做次抽液检查为宜。于是坐上公交车，开启了最终确认之旅。到达医院，刚好以前为我看病的医师都在，罗医生更是亲自给我抽液，抽出十五毫升血液后，他拿去交付何主任做最后定夺。“不需要化验了，一切正常。”在得知这个消息后，连医生们都为我感到高兴，从没见过医生集体在医院里发出这般爽朗的笑声。我感到久违的放松，一不小心就掉下了喜悦的眼泪。“谢谢你们！是你们一起与我一同创造了这个奇迹。过去我害怕死亡，现在我立志活到九十岁！即使这在医学界被认为是不太可能的事，但在一颗历经磨难，对生命抱有不屈意志的人来说，凡事都有可能！”闻者为我竖起了大拇指，有的还不忘上前予我以拥抱。

这场与死神交战的风波总算平息，这第一次也是最为重要的一次胜利让我重新开始审视自己——回想以往面对癌症截肢时的绝望和自暴自弃，这次显然没有寻死觅活的念头，在宣告癌症被我战胜后，心中只有一个声音反复回响：我只要好好地活着，并且我李敏要好好地再活五十年！反映在我个人饮食起居上，每天会吃五谷杂粮、蔬菜水果等碱性食物，容易被人体消化，鼓捣成糊状再作饮食，并在每天睁开眼睛后告诉自己：你现在活在世上，是来创造奇迹的，那么多人都相信你，期待着你，不能轻易辜负，你准备好了吗？

Dodie Osteen(多蒂·欧斯汀)在四十多岁时是一位癌症晚期患者，医生说她接下来只有两个月的日子，可是她不放弃。于是，她将对自己的鼓励贴到家中每一处肉眼可见的地方，不管她的身体如何虚弱，她仍然“要求”别人告诉她。如今她已经是九十多岁的耄耄了。从此，Dodie Osteen 成为我赶超的目标，她的故事给了我无尽的信心与力量，使我相信自己可以再活五十年，甚至在不久的将来还能为自己、为这个世界创造一个又一个奇迹。在我看来，只要活着就很美！

在跟自己的内心交流时，我不会说一些好听的、正确的、激励人心的话，只是时刻保持与自我对话，探索内心深处最清醒的秘密。现在的我，信心满满，不再害怕癌症，勇敢面对残缺，生活对我来说每一天都崭新如画。我活着，是因为我还能感知；我感知，所以要将自己的过去和现在说与人听，尽自己最大所能去激励那些身处软弱、痛苦中的人。我将用生命见证生命，用生命影响另一个生命，让我成为他们的绝处逢生，使得每一个生命都能生生不息！

论及未来，我的梦想与使命是用我的生命去激励别人，成为全球演讲家、教育家，带领他们从黑暗走向光明，从绝望走向希望，从不安走向心安，从忧虑走向无虑，向死而生，向阳而生。通过自己的绵薄之力，哪里有仇恨就去播种仁爱，哪里有伤害就去播种饶恕，哪里有疑惑就去播种信心，哪里有黑暗就去播种光明，哪里有失望则去播种希望。这样，让不幸的人收获幸福，让幸福的人夯实自己的幸福。如若可能，将来成立爱心基金会，去帮助更多需要帮助的人或家庭，带着这样的使命去传递生与希望、爱与信心。

第3辑 如是人生

我深知，父母只要有1%的改变，孩子就有99%的收获。我希望在我以后有限的人生中，用爱去传播家庭亲子教育。这对我来说不啻为一项重新生活的使命。

大病过后的感悟

在这次患病过程中，我成长了。刚开始是拒绝、抵制、抱怨，对苦难嗤之以鼻。那个时候是如此的痛苦，一次又一次地质问老天爷："我为什么要遭遇这么多苦难？为什么是我？我到底犯了什么错？"越是这样，越是痛苦，对改善现状没起一点作用。

最后，我接纳它，下定决心战胜它，我对癌症说："你去死吧，我李敏要活着。"带着向死而生的决绝，全力以赴战胜它。

到今天，我可以颇为自豪地告诉大家，我得胜了。

靠着身边人给予的爱和帮助，我一次又一次地战胜了三种不同名目的癌症。我成了自己的"抗癌英雄"。

也许有人会问："今天的你或许是运气好，熬了过来，但如果有些人败下阵来，那怎么说？"

其实一个很浅显易懂的道理是：在面对任何事情时，不论是婚姻关系、身体疾病，还是工作中的种种，只要尽了自己全力，努力了，不论结果怎样也就无怨无悔，问心无愧。并且经验告诉我们，只要你真的尽力了，事情往往都会有好的结果。如果结果不好，说明还没有坚持到最后，"同志仍须努力"。

我们每一个人遭遇磨难时，总认为自己是天底下最不幸的人。其实不然，你放眼望世界，幸福的人感觉大都大同小异，不幸的人，却各有各的不幸。事实上，你永远不会是那个最不幸的人。

从前有一位中年丧子的母亲问一位饱经风霜的哲人："怎样才可以克服那刻骨铭心的悲伤？"

老人说："我可以帮助你，不过你首先要带些荠菜种子给我。"

这个妇人说："这很容易。"

"但必须要从一个从来没有任何损失和悲伤的家庭得到它。"老人如是说。

妇人很快开始寻找，起先她以为很容易就可以得到，但是没想到她所拜访的每一个家庭都有许多悲惨的故事，不是遭遇打击，就是经受损失，又或是失去挚爱的亲人。这时，她才发现，原来“家家有本难念的经”，人生并不是像她所想象的那样怡然、轻松。

最后那个妇人空手而归，一粒芥菜种子也没有要到。

她回到老人面前，叹了口气，说：“原来我是这么愚昧，我原以为自己是天底下最可怜的人。但是经过一趟拜访才发现，悲伤是人所共有的情绪。我并不是最可悲的那一个。”

老人听后只是笑了笑，说：“你早已知道了答案。因为你认识了悲伤，就能够同情别人，安慰他们。这样一来，你自己的悲伤就会减轻，甚至有望给予宽裕的爱给别人。”

从这个故事，我们不难发现：一个没有经过泪水流淌的双眼，永远看不到人间的疾苦；一个没有走过最黑暗的幽谷、经历最绝望时刻的人，能给人的安慰是有限的；一个没有罹患过癌症，经历过化疗的人，他不能告诉别人“化疗”是怎么回事。只有经历过苦难的人，才能够给那些在病痛中的人以安慰和关怀，给人踏实、深入的力量，使他们能从沮丧灰心失望中恢复信心。一个能够予人以鼓励、慰藉的人，不可能与生俱来，只能是懂得大道至简的“过来人”。

所以你并不是天底下最不幸的人，你所经历的都是为了使我们的生命成长，一切都是合理的安排。我们无须恐惧、抵触，只有接纳、放下、面对，事情往往才有意想不到的转机。

记住，每一件发生在你身上的事情都是一个“礼物”，只是有的“礼物”包装很难看，让我们心怀怨恨或是心存恐惧。所以，它可能是一次灾难，也可能是一个你现阶段不中意的礼品。如果你能带着信心，给它一点时间，耐心地拆开它的外壳包装，细心观察并逐渐懂得“拥有”的含义，你会发现它内在蕴含着的盛意，而且是为你量身定制。

那些羡慕别人的鞋子好看的人，却不知这世上还有很多没有脚的人。

亲子教育：不相信花哨的捷径

再次从鬼门关涉险而过的我，非常惜命，体现在观念意识上，认为当前如获新生，为了将第二次生命演绎得无怨无悔，对于现阶段的我来说，亲子教育、两性家庭关系、心理咨询等是我比较关心、今后着手学习的几个重要领域。

尤其亲子教育，它见证了我与卓越父母相识相知相见恨晚的始终，经由它，我才有意识地开始进行系统学习和实操演练，警醒传统的教育方式，发现自身缺陷，积极寻求改变，改善亲子关系，这才获得一点成效。

总的来说，亲子教育贯穿了我目前生活的点点滴滴，在这方面，我觉得并没有什么花哨的捷径可供家长择选，那不过是偷懒。站在我的个人角度来说，为了让初步效果得到巩固，还需要总结、归纳更多的经验教训，学习更多与之相关的专业知识。

下面则是我的一些心得感想，与大家共勉、分享：

一、孩子有负面情绪时，先通情再达理

刚开始读一年级时，以诺对学习非常恐惧，作业对他有很大的压力，背课文也是一大难题。刚开始我是以指责、命令的口吻要他必须完成，以诺很是恐惧，有时甚至哭闹不止。

自从去年学习后，我改变了自己的语气，无条件地接纳他。在他觉得压力大、有情绪时，我会先共情，站在他的角度给予一些基本的陪伴，然后告诉他：“妈妈相信你，你一定能行，你试试看。”

然而他在充满恐惧的情绪中显得很不自信，说：“就算我读一百遍也背不了，我不读。”

我没有按以前的方法去强制打压他，而是站在他的角度说：“妈妈知道，背诵课文是很难的，我以前一篇课文背好久也背不得，但你比妈妈聪明多了，因为你的右脑记忆得到了开发，不读也没关系，专注多看几遍也许就能背了。”

这样共情后，他的畏难情绪没有了，注意力开始专注在课文上，没多久，一篇课文他只要认真看上几遍，就能脱口而出。

读三年级时，他要写作文，但对一个三年级的孩子来说无

疑是一大难题，一篇作文要写三百字。刚开始他完全不会写，不知从何下笔，我就在网上找资料，告诉他写作的格式、分段以及正文内容，再看看别人是怎么写的，让他自己去搜一些好词好句。记得第三单元考试时，他的作文是满分，回家一进门就告诉我作文没扣一分，他最担心的作文居然可以在短时间内获得满分，这对他和我来说当然是一个不小的惊喜。所以在孩子觉得是一个难题时，父母要帮助他，共同面对。

二、左手是爱，右手是规则

有一个学期刚开始时，儿子不断地在“挑战”我作为家长的底线。第一，写作业时，只图快，没有把字写好，态度极其敷衍；同仁警告他如果不把字写好，会撕掉他的作业，要他重写。第二，对每天练习半小时的钢琴“任务”总是讨价还价；要不只想练二十分钟，也不认真，这时候专唱黑脸的同仁出马了，说：“如果没认真弹，时间不算，得继续弹。这是家规。”罚过一次，以后再没“二犯”，时间久了，习惯自然也就养成，现在每天都不需要督促。所以，一个家庭的家规也是很重要的，溺爱只会放纵孩子，并且孩子还会觉得你不在乎他，对孩子的规则意识的养成，这一点尤为重要。

三、无条件的信任

在亲子关系中，学会让自己低一点，孩子高一点，给予孩子信任的力量。在孩子面前，你可以说：“妈妈相信你一定能够处理好这个问题，你是最棒的，你是独一无二的，你有超强的学习能力，你有超凡的智慧，妈妈相信你，无论遇到什么事情都能够想办法解决。”这样每天给孩子正面的能量，注入他的潜意识，慢慢地他也变得自信，遇事也不会惧怕，因为他会相信你的相信。

当然，即使他遇到了困难，也要告诉他，无论发生什么事爸爸妈妈永远和你在一起，如果需要帮助，爸妈可以帮助你，前提是——什么时候需要帮助由你来决定。

这样能给孩子以安全感，告诉孩子世上没有完美的人，如果犯错了没关系，只要吸取教训，下次不犯同样的错误就行了。这样也能够避免孩子撒谎。

打一个浅显的比喻，在亲子关系的教育中，父母是原件，家庭是复印机，孩子是复印件，父母应给予最多的是言传身教。世上没有教不会的孩子，只有不会教的父母。这个道理大家都懂，要做到却并没那么容易。

我自知学历不够只能靠学力凑。只要努力，终究会有收获的。

之所以以如此看上去很严肃的方式写下这些，是想告诉和我曾经一样有所困扰的家长，要想亲子关系取得突破，一定要多花精力，勤思于行，在多方实践中找到最适合自己的一套方法。

陪伴是最长情的呵护，不管结果怎样，相信彼此之间的互动关系定会得到改善。

父母最好的教育是投资自己

2010 年的初春，儿子三岁半了，我像所有关心孩子前程的爸爸妈妈一样，为了以诺开始四处寻找好的幼儿园，打听到附近几家都是私立的，条件差，但收费便宜，每月只要 200 多元。最后，我决定选择附近最好的公立幼儿园，收费是每月 640 元。但当时我们一家的收入构成如下：同仁每月工资 800 元，而我的政府低保收入每月仅有 391 元，也就是说，我们拿一半的收入供孩子上一个好的幼儿园。邻里们感到不解，时常笑话我。但一想到以诺能在更好的环境下学习成长，我反倒觉得捡了大便宜。

后来幼儿园涨到每月收费 870 元时，政府又给我们低保家庭的小孩每月补贴 500 元。有了这些补贴后，我又带以诺去学习右脑潜能开发训练的课程，并为他报了兴趣班。因为以诺在三岁时就想去弹钢琴，但囿于经济能力有限，没有让他去学，现在我用这些补贴让他去学，算是一种延迟满足的补偿。

但到以诺五岁多时，由于他的自我意识逐渐萌发，开始不听我的“使唤”，总是跟我发生争吵，我知道要好好教育他成人，但不知从何下手，心里很是着急，于是就去买了许多幼儿书籍，看了感同身受，就是不知道如何落实。

三年之后，儿子晋升小学，我为他找了当地最好的小学。刚开始他对学习态度很差，也不把字写好，好像读书是为了应付我们，对自己并不上心。那个学期的他，成绩很不理想。

次年 7 月，当我结束一系列的化疗之后，我也不知自己还能活多久，只想活着就好好地陪伴以诺，尽量给予他最纯粹的母爱。每当要他学习时，与他的关系就会显得越来越紧张。恰在此时，他以前的右脑开发启蒙老师李瞻为我垫付学费，让我有机会去学习卓越父母的亲子教育课程。转机从这里开始。

自从学习之后，我发现孩子的一切问题都是父母的问题，父母情绪暴躁，孩子的情绪肯定也不会好。我更发现孩子原来是没有问题的，有问题的是家长不知怎么去教孩子。每一个孩子都是独一无二的，父母要懂孩子的心，要了解自己的孩子，才能给到孩子所需要的爱。自学习后，我改变了自己，按着以诺各方面的“心理营养”需要来满足他。如：以前我是一个要求完美的人，对儿子要求很高，达不到我的要求，就会批评、指责、打骂，很少对儿子表现出肯定、欣赏、赞美、认同，所以导致儿子很内向、胆小、不自信。学习后，我只要发现儿子有一点点进步就会肯定他，鼓励他，慢慢地他对学习有了兴趣。

以前我是一个掌控型的强势妈妈，我觉得我为你做的一切都是为你好，你幼小，不知道也不懂得这个世界的游戏规则，那你就要听我的。但儿子似乎偏偏就跟我对着干。学习后，我什么事情都尊重儿子，给他选择的自由。不过，我左手是爱，右手是原则，违反原则是要受惩罚的，他也乐于接受。尤其给了儿子选择的自由后，他不知有多高兴，对学习的兴趣持续上升。

每天放学回家，我会问儿子你是想先做作业，还是先弹钢琴？他毫不犹豫地说："我先弹钢琴再做作业。"当他看到时间不早了，就会在轻松喜悦的状态中去做作业。字也写得渐好，作业也做得很快。就这样，我在如何成为一个合格的妈妈这条路上，入了门。一直到现在，我都是通过不断地改变自己来影响儿子。儿子在一次期末考试上：语文 99.5 分、数学 100 分、英语 100 分、钢琴比赛全校第一名、国际象棋比赛连晋两级。在一次家长会上，班主任刘老师评选我为优秀家长。其实不是说我儿子有多优秀，我想说的是因为我的一己之变，如今可让儿子在一种和谐自由的家庭中轻松愉悦地学习和生活，这才是最重要的变化。最好的教育就是身体力行，我想我正在做到。

本来不是非常严肃的人，但在亲子教育这件事上，由不得我丝毫马虎。我深知，父母只要有 1% 的改变，孩子就有 99% 的收获。非常幸运的是，2015 年的春天，香港卓越父母国际研究院的年会在北京钓鱼台国宾馆举行，我被评为“挚爱亲子奖”，并由中国教育专家知心姐姐卢勤老师为我颁奖。那天是我人生中颇为骄傲、自豪的一天，因为我已经成为香港卓越父母国际研究院的一名亲子导师。我希望在我以后有限的人生中，用爱去传播家庭亲子教育。这对我来说不啻为一项重新生活的使命。

前辈的力量

虽然经历这么多的苦难，但在我情绪低落时，冥冥之中总会有些人来鼓励安慰我，激励我走出困境，其中有两位前辈让我受用至今。

出生在澳大利亚的尼克·胡哲天生没有四肢，只在左侧臀部以下的位置长着一个带有两根脚趾的小“脚”。然而靠着自己的不懈努力，他不仅学会了生活自理，还拥有两个大学学位，是两个机构的负责人，同时投资房地产和股票，骑马、游泳、打鼓、踢足球、冲浪……样样皆能。到今天他已访遍 34 个国家，参加 1500 余场演讲，出版了两本畅销书。他的座右铭是：“没手，没脚，没烦恼。”他是一个突破人生边界的勇士，一个被 37 万人拥抱过的男人，2005 年荣获“澳洲年度青年”称号，2008 年起担任国际公益组织“没有四肢的生命”CEO。

我看过他的视频，非常感动，买了他的书，也经常留意他的故事，从他身上我所看到的是——上帝在每一个人身上自有他的美意与计划。因为他的母亲是护士，肯定知道怀孕要注意的方方面面，并且也做了各方面的产检，但依旧不能改变他出生后没有四肢的事实。他爸爸是牧师，才有这样的爱心与责任把尼克抚养大，把他当正常人一样看待。就像他妈妈杜许卡说的：“尼克，你跟正常人是一样的，只比他们少了几个零件而已。”他讲述八岁、十五岁时有过两次自杀经历，他所经历的痛苦是常人难以想象的，然而他靠着顽强的毅力，终究战胜了一切困难。现在，他拥有一个漂亮的妻子和两个帅气健康的儿子。他原本以为不能牵妻子的手，不可能拥有爱情的他，在结婚那天对妻子说：“我虽然无法牵着你的手，但我会握着你的心。”

从他传奇一样的人生中，我感悟到原来上帝在他身上的美意是用他自己的经历去激励全球 37 万人，给千千万万的人带来心灵的震撼。他也激励了我，成为我的榜样。感谢上帝让我经历这一切，我相信这也是有美意的。

还有一位是美国的琼妮·艾瑞克森·塔达。

琼妮是个游泳和马术选手，十七岁时就在她大学第一学期开始的几个星期前，她在跳水进入湖中时折断了脖子。那次意外使她的脖子以下全部瘫痪。琼妮刚开始因为瘫痪而绝望自杀，她曾经考虑要驾着轮椅从一座很高的桥上摔下去，就此结束生命，但又担心这样只会伤了脑子，然后让人生变得更悲惨。最后，她选择祷告："如果我死不了，请让我知道如何活下去。"

那个时候，要琼妮认同这一点实在太难，她觉得自己是个受害者，说自己是"一场可怕的跳水意外的受害人"。一开始，琼妮因为自己四肢麻痹而责怪每一个人，除了她自己。她要大家付出代价，她控告、苛求，甚至责怪父母把她生到这个世界来让她瘫痪。琼妮觉得全世界都欠她，因为她无法再使用手和脚。然而渐渐地她发现，扮演受害者只会让她更加沉沦，而且比瘫痪陷得更深。但是，感激已经领受和即将领受的祝福，则会鼓舞自己。

于是，感恩的态度改变了琼妮的生命，她回头帮助许多同她一样身体残疾的人。她写了很多畅销书，并录了很多视频，她的基金会推动了一项计划——在全球 102 个国家免费分送 6 万多辆轮椅以及数千根拐杖和助步器给身体残障者。最后她认为自己的遭遇"不是宇宙丢掷的铜板，也不是命运的轮盘，而是我人生计划的一部分"。

我知道琼妮的故事是在 2013 年的年底，在北京医学科学院肿瘤医院换人工膝关节手术后的那几天，当时正好处在我人生中最痛苦难受煎熬的时期，手术后带来的肉体疼痛与心灵伤害，让我感到无与伦比的痛苦与煎熬。这时是一位素未谋面的好心人出现并影响了我，她是同仁的异地同事，特意来医院看望我，给我带来了琼妮的书，我就是在病床上流着眼泪看完琼妮的故事的。

琼妮四肢麻痹，尼克则是天生没有四肢，然而，他们都找到了人生的目标，并且追求它。他们拥抱的不是绝望而是希望，他们选择以恩典之心启动正面态度，并将正面态度化为行动，改变自己和别人的生命。这种前辈的力量，深深影响了我，使我走出困境，向他们靠近。

后记

两年多前，我第一次见到李敏。在林青贤老师的卓越父母课程上，她作为学员代表上台分享课程感受。那时她的左腿还在，右手没了，空空的袖子耷拉在一边，头上明显是戴着假发套。通过她的分享，我才知道她刚做完化疗不久，头发刚刚长出来。我内心软弱，一般不会主动接近李敏这类肢体有残缺的人，并不是我内心不良善，而是缺乏直面苦难的力量。

让我意外的是，李敏在台上并没有“贩卖”苦难，除了课程感受，她讲的更多的是感恩。她感恩病魔一次次地磨炼出她笑对人生的勇气；她感恩彭娅老师帮她来学习林青贤老师的课程；她感恩朦胧的爱情给予她面对截肢的力量；她感恩她的丈夫和孩子让她拥有一个完整而卓越的家庭……我当时完全被她的故事吸引，她活生生地站在台上，我觉得她就是个传奇。

后来又好几次见到李敏，我会主动去拥抱一下她瘦小的身体，听她讲讲她的故事。李敏精气神总是很好，神采奕奕。她很健谈，听她讲她的过去，你不会听到苦难，你只会被她拉高情绪，对人生充满激情和希望，对生活满怀感恩。跟她接触过的人，都不容易对她生出怜悯的情绪，只会油然生出敬佩。她真是一朵铿锵玫瑰，开得绚烂无比。

关于出版这本书，起初李敏不敢尝试，在林青贤老师、爱自然生命力体系出版部的推动下，我与李敏做了几次沟通，她终于下定决心，将自己这一路走来的坎坷经历写成文字。我想，这些文字，一定可以警醒他人，一定会触动到你。

毫无疑问，这本书的出版将会让更多人看到李敏不为人知的一面，尤其书稿中的第一、三部分，展现了她现如今的生活和未来的种种可能，我们能清晰地感受到她是如何走过苦难，又如何拥有了现在怡然自得的生活。

正如《在苦难的第七页书写着文明》最后写到的那样：

在我接纳自己之前，肿瘤、手术、死亡等这些名词总能轻易击垮我……如今抱着向死而生的心态度过生命中的每一天，这才接纳所有，明白了一个浅显的道理：既然我生来就不寻常，那就一直不寻常下去吧！自从想明白这个道理之后，我感到越发有力量，生活一下子轻松了许多。

过去的李敏，由于残疾，不希望自己被过分关注，生活对她来说远不是一件触手可及的礼物，而是穷山恶水。现如今，她一步步走来，就像带着燃烧的翅膀的火焰鸟，鸣报春天。

在编辑这本书的时候，我的内心有很多喜悦和感动。李敏的故事总是激励着我，时时提醒我感恩生活，感恩身边的人和事。

感恩李敏，感恩林青贤老师，感恩有机会可以让我策划出版本书。

柏沐芸

2017年1月